時々ボソッとロシア語でデレる隣のアーリャさん
Иногда Аля внезапно кокетничает по-русски
Любитель женских ножек

「つーか……なんでロシア語でデレられてるんだ？」
久《く》世《ぜ》政《まさ》近《ちか》
オタク趣味で夜更かしが日常な、
基本やる気のない劣等生。
いつも隣のアリサに小言を言われている。
成績は下の中だが、実はロシア語が分かる。

「わたくしたち、幼馴染なんです」
「（バーカって言ったのよ）」
周防《すおう》有希《ゆき》
元華族の旧家に生まれたお嬢様で、生徒会広報を務める、政近の幼馴染。アリサと並び立つ学年の二大美姫であり、〝深窓のおひい様〟と称される。
アリサ・ミハイロヴナ・九条《くじょう》
学年トップの成績を誇り、生徒会会計を務める優等生。学年の二大美姫の一人であり、〝孤高のお姫様〟と称される。政近にいつも小言を言うが、時々……。

「グッドモーニ〜ン」

「どうかしら？」

目次

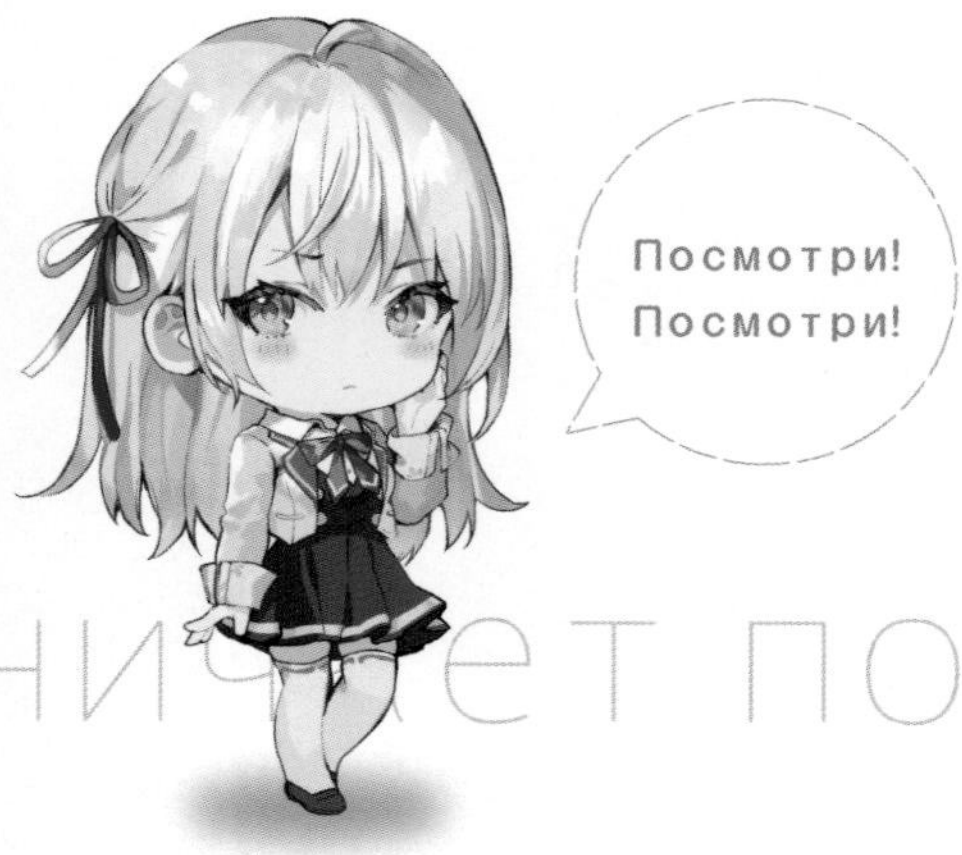

時々ボソッとロシア語でデレる隣のアーリャさん

燦々SUN

角川スニーカー文庫

22577

Illustration：ゆゆり

Design Work：AFTERGLOW

プロローグ

孤高のお姫様と怠惰な隣人

私立征嶺学園《せいれいがくえん》。

過去、政財界で活躍する卒業生を数多く輩出してきた、日本トップレベルの偏差値を誇る中高大一貫校である。その歴史は古く、かつては貴族や華族の子女も多く通っていたという、由緒正しき名門校でもある。

そんな伝統ある学び舎《や》に向かい、並木道を歩く生徒達。

友人やクラスメートとおしゃべりをしながら賑《にぎ》やかに校舎に向かって歩く彼らだったが、一人の女子生徒が校門を潜って姿を現した途端、その場の空気が変わった。

彼女を目にした者はみな、一様に驚きと感嘆を露《あら》わにし、その姿を目で追った。

「うわぁ、なにあの子。すっごいキレー」

「あんた知らないの？　この前の入学式で、新入生代表であいさつしてたじゃない。あのマリヤさんの妹さんよ」

「あの時は遠目だったから……はぁ、すごい。近くで見ると、まるで妖精《ようせい》みたい」

「ホントよねぇ。同性だし年上だけど、あれはちょっと気圧《けお》されちゃうわよねぇ」

生粋の日本人ではありえない透けるように白い肌に、サファイアのような輝きを放つ切れ長の青い瞳《ひとみ》。

そして、朝日を受けてキラキラと輝く、神秘的な銀色の髪。

ロシア人の父譲りの彫りの深い顔立ちの中に、日本人の母譲りのどこか日本人らしい柔らかさを感じさせる美しい容姿。

その類稀《たぐいまれ》な容姿に加えて、女子にしては高めの身長にスラリと長い手足、それでいて出るところは出て引っ込むところは引っ込んでいるという、世の女性の理想を体現したかのような抜群のスタイル。

その色彩もあって、どこか浮世離れした美貌《びぼう》を持つ彼女の名前は、アリサ・ミハイロヴナ・九条《くじょう》。去年、中学三年生でこの征嶺学園《せいれいがくえん》に転入してきて以来、テストではずっと学年一位。おまけにスポーツ万能で今年からは生徒会で会計を務めているという、まさに完璧《かんぺき》超人と呼ばれるに相応《ふさわ》しい才女である。

「おい、あれ」

「え？　うぉ！　九条さんじゃん！　朝からツイてんなぁ」

「なぁお前、ちょっと行ってあいさつしてこいよ」

「ムリムリ！　恐れ多いわ！」

「おいおい、美少女となれば誰かれ構わず声を掛けるお前らしくもないな。たかがあいさつくらいで、ビビってんのか？」

「バッカ！　レベル、つーか次元が違《ち》げぇーっての！　そんなん言うならお前が行けよ！」

「イヤだよ。下手なことして他の男子に目を付けられたくねぇし」

男女問わず周囲から向けられる羨望《せんぼう》の眼差《まなざ》し。誰もが自然と歩調を緩め、左右に避《よ》ける中、彼女は気にした素振りも見せずに悠然と歩く。

そこに、一人の男子生徒が近付いた。その人物を見て、周囲の生徒達がざわつく。

「やあ、おはよう。気持ちのいい朝だね」

そう言って爽《さわ》やかな笑みを浮かべる男子生徒を、アリサは足を止めずにチラリと見遣《みや》ると、そのネクタイの色から先輩であることを確認して軽く会釈した。

「おはようございます」

「うん、おはよう。はじめまして、かな？　僕は二年の安藤《あんどう》だ。君のお姉さんのクラスメートだよ」

「そうですか」

安藤と名乗った男子生徒は、茶色く染めた髪に少し着崩した制服。襟元から覗《のぞ》くシルバーアクセサリーと、今どきのオシャレ男子といった感じのかなりの美男子だったが、アリサの反応は素っ気ない。

その甘い笑みに周囲の女子が黄色い悲鳴を上げる中、アリサは顔色一つ変えずに淡々と応対する。

「君のことはお姉さんからよく聞いていてね……前から会ってみたいとは思っていたんだ。どうかな？　よかったら昼休みに一緒にご飯でも食べないか？」

「いえ、結構です」

迷う素振りすら見せない即答。その塩対応っぷりに、安藤も微《かす》かに苦笑を浮かべる。

「ハハ……つれないなぁ。だったら、せめて連絡先だけでも交換してくれないかな？　君のことをもっと知りたいんだ」

「すみませんけど、私はあなたに興味がありません。用件がそれだけなら失礼します。あ、それと──」

そこでアリサはツイッと安藤の方に視線を送ると、その首元に指を伸ばした。その流し目と向けられた細い指に、安藤は思わず笑みを引っ込めると、目を見開いて軽くのけ反る。

「……それ、校則違反ですから」

そんな彼の動揺など歯牙《しが》にもかけず、アリサは安藤の首元のシルバーアクセサリーを指差してそう冷たく言い放つと、「それでは」とだけ言い置いてさっさと歩いて行ってしまった。その光景に、周囲で固唾《かたず》を呑《の》んで見守っていた生徒達がざわつきを取り戻す。

「すっげぇ、あの二年で女子人気トップレベルの安藤先輩を一蹴《いっしゅう》かよ。まさに孤高のお姫様って感じだな」

「どんだけ理想高いんだよ……あれと釣り合う男とかいるのか？」

「そもそも男に興味ないんじゃね？　もったいねぇよなぁ、あんな美人なのに」

「いやいや、むしろ誰のものにもならないって安心出来るだろ？」

「だな。偶像って意味じゃそこら辺のアイドルよりよっぽどアイドルだわ。もうずっと見てられるわ。むしろ拝むわ」

「いや、そこまで行くとキモイぞお前。まあ気持ちは分かるが」

自分の背後でそんな会話が繰り広げられているなど露知らず、アリサは校舎に入ると、靴箱で靴を履き替えて教室へと向かった。

先程あっさりと袖《そで》にした男子生徒のことなど、もう彼女の頭の中には残っていなかった。あの程度のこと、彼女にとってはわざわざ記憶に留《とど》める価値もないほどにありふれたものだったからだ。

注目を浴びるのも、誰かに言い寄られるのも、アリサにとってはありふれた日常の一コマでしかない。そして、それらを自分が冷たくあしらうことも、また。

教室に着くと、扉を開いた彼女にクラスメートの注目が集まる。

これもまた毎朝のことなので、アリサは気にせず窓際最後列にある自分の席へと向かう。

そして、鞄《かばん》を机の横に掛けると、何気ない仕草で右隣の席を見た。

そこには、ただ名字が近かったからというだけの理由で、もう一年以上にわたって席が隣同士になっている男子生徒がいた。

高等部一年における二大美姫《びき》の一人と称されるアリサの隣の席という、多くの男子が羨《うらや》むポジションを一年以上もキープしている彼――久世政近《くぜまさちか》は、今。

「…………、……」

机に突っ伏して、朝っぱらからガチ寝を決め込んでいた。

由緒正しき名門校の生徒にあるまじきその姿に、それまで表情を変えなかったアリサがスゥッと目を細める。

「おはよう、久世君」

「……」

アリサのあいさつにも、両腕を枕にして突っ伏している政近は一切反応しない。どうやら、ただ机に突っ伏しているだけでなく完全に寝ているらしい。

あいさつを無視された形になったアリサの目がますます細まり、それを見ていたクラスメートが頬を引き攣《つ》らせた。

政近の右斜め前の男子生徒が、「お、お～い、久世？　起きろ～」と控えめに声を掛けるが、その声に反応して政近が目を覚ますより早く。

ガンッ！

「ぅグフっ⁉」

突如、打撃音と共に政近の机がガガッと横にスライドし、政近が奇声を上げながら跳ね起きた。隣に立つアリサが、横から机の脚を蹴《け》っ飛ばしたのだ。

それを見て、周囲の生徒は一様に「あ～あ」という表情で顔を逸《そ》らした。

成績優秀品行方正を地で行く優等生であり、基本良くも悪くも他人に対して無関心かつ不干渉なアリサだが、この学園の不真面目代表のような隣人に対しては例外的に当たりがキツイということは、もう同学年の間では周知の事実だった。

毎日のように、侮蔑《ぶべつ》を露わに辛辣《しんらつ》な口調で小言を言うアリサと、それを適当に受け流す政近の姿が目撃されているため、もうみんなすっかり慣れたものだった。

「おはよう、久世君。また深夜アニメ？」

何事もなかったかのような顔で、未《いま》だ状況が呑み込めていないらしい様子の政近に再びあいさつをするアリサ。

その声に、政近は目をパチクリさせながら隣を見上げ、いろいろと察した様子で肩を竦《すく》めると、頭をガリガリと掻《か》きながらあいさつを返した。

「おぉ……おはよう、アーリャ。ま、そんなとこだ」

政近が呼んだそのアーリャという呼び名は、ロシアでのアリサの愛称だ。

陰でそう呼ぶ生徒は結構いるが、本人に面と向かって愛称呼びをする男子はこの学園で彼一人だった。

それが、政近の無謀さゆえかアリサの寛容さゆえかは周囲の知るところではないが。眠っていたところを蹴り起こされた上、絶賛冷たい視線で見下ろされている最中だというのに、政近の態度に怖《お》じけた様子はない。

その飄 々《ひょうひょう》とした態度に周囲から呆《あき》れと感心が入り交じった視線が集まるが、政近は別に特別なことをしているつもりはなかった。なぜなら……彼は、気付いていたから。

(『ぅグフっ⁉』ってなに？『ぅグフっ⁉』って。ぷふっ、なんか変な声出た)

自分を見下ろすアリサの目に嫌悪はなく、むしろ目の奥が完全に笑っていることに。

奇声を上げながら飛び起きた自分を、内心すごく面白がっていることに。

しかし、アリサはそんな自分の内心がバレているとは全く思っていない様子で、自分の席に座りながら呆れた声で言った。

「あなたも懲りないわね。睡眠時間削ってまでアニメ観て、学校で眠くなってちゃしょうがないじゃない」

「ま、言ってもアニメ自体は一時に終わったんだけどな……その後の感想会が長くって」

「感想会？　ああ、ネットで感想を呟《つぶや》くやつ？」

「いんや？　オタク友達と電話で。ざっと二時間ほど」

「バカじゃないの？」

軽蔑し切ったジト目で放たれたその言葉に、政近はふっと遠い目をしながらニヒルな笑みを浮かべた。

「フッ……バカ、か……そうだな。時と場所を弁《わきま》えずに作品への愛を語ること。それをバカと言うなら、たしかにそうなのかもしれないな……」

「ごめんなさい。ただのバカじゃなくて、救いようがないバカだったみたいね」

「アーリャさんは今日も絶好調っすね」

アリサの容赦のない毒舌も、政近はおどけるように肩を軽く上下させて受け流す。

そんな政近の態度に、アリサが処置無しといった様子でやれやれと首を振ったところで、ホームルーム開始三分前を告げる予鈴が鳴った。

生徒達が続々と席に戻り、アリサも正面に向き直って、鞄の中の教科書ノート類を机の中に移し始める。

名門校らしく、行儀よく担任の先生を待つ生徒達の中で、政近はググッと大きく伸びをすると、一度大きくあくびをし、涙がにじんだ目をしぱしぱと瞬《しばた》かせた。

その様子を横目で見ていたアリサは、窓の方を向いてふっと笑みをこぼすと、ロシア語でボソッと一言。

【Милашка《かわいい》】

「ぁふ、あんか言った？」

「別に？『みっともない』って言っただけよ」

そして、その呟きを耳ざとく聞きつけた政近に、素知らぬ顔でそう返した。アリサの誤魔化しに、政近はあくびのことを言われたのだと納得した様子で「そりゃ失礼」と返すと、今度は口元を手で隠してあくびをした。

そんな政近を見て、アリサは小馬鹿にしたように片眉《かたまゆ》を上げると、また窓の方を向いて笑みをこぼした。政近から表情を隠したまま、内心で弾んだ声を上げる。

（バーカ、全～然気付いてな～い。ふふっ）

頬杖《ほおづえ》を突く振りでニヤケそうな口元を押さえ込むアリサ。その背中を、政近はどこか残念なものを見るような目で見ていた。

（いや、全部伝わってるんだけどな？）

アリサは知らない。

実は政近が、ロシア語が分かるということを。時々ボソッと漏らすロシア語のデレが、全部本人に伝わっているということを。

そして、一見甘さの欠片《かけら》もない二人の会話の裏で、実はこんなどこか滑稽《こっけい》でこっぱずかしいやりとりが行われていることを、周囲の生徒は誰も知らないのであった。

Иногда Аля внезапно кокетничает по-русски

第1話　無料ガチャって逃すと無性に悔しくない？

「あれ？」

机の中を漁《あさ》り、続いて鞄の中を覗き、止《とど》めに教室後方のロッカーの中を確認してから、政近《まさちか》は少し焦りを覚えた。

次の授業で使う参考書が見当たらないのだ。教室の時計を確認すると、次の授業が始まるまで残り二分弱。隣のクラスにいる妹に借りに行くにしても、少し迷惑な時間だろう。やむなく、政近は左隣のアリサにスッと身を寄せると、小声で手を合わせた。

「悪い、アーリャ。化学の参考書見せてくんない？」

その言葉に、アリサは呆れ半分迷惑半分の表情で振り返る。

「なに？　また忘れたの？」

「ああ、たぶん家に忘れた」

「ハァ……まあ、いいけど」

「ありがとっ！」

アリサの溜息《ためいき》交じりの首肯に、政近はそそくさと机をくっつける。

「久世《くぜ》君……あなた、いい加減忘れ物多すぎじゃない？　高校生になっても全く減る気配がないじゃない」

「仕方ないだろ？　そもそも教科書が多すぎるんだよ」

この征嶺学園《せいれいがくえん》は、私立の進学校であるために異様にテキストの量が多い。それぞれの教科につき複数の教科書や参考書があるのは当たり前。授業によっては教師のオリジナルの冊子まであったりする。

そのくせ伝統を重んじているのか知らないが、学生鞄の規格は何十年も前から変わらず、普通に一日分のテキストとノートを入れたらそれだけで鞄がパンパンになってしまう。

そのため、生徒はみなロッカーにいわゆる置き勉をしているのだが、政近からするとこれが曲者《くせもの》なのだ。

「昨日机の上になかったから、ロッカーにあると思ってたんだけどな……当てが外れた」

「ちゃんと確認しないからでしょ？　何を持ち帰って何を置いてきたのか、きちんと把握してないからそうなるのよ」

「返す言葉もない」

「口先だけは立派なんだから」

「うぇ～い、辛辣ぅ～」

特に反省した様子も見せずに棒読みでそんなことを言う政近に、アリサはすっかり呆れた様子で肩を竦める。

アリサは化学の教科書一式を机の中から取り出すと、じろりと胡乱《うろん》な目を政近に向ける。

「で、どの教科書？」

「あ、それそれ。その青いやつ」

政近の言葉に、アリサはその参考書を開くと、二人の机の間に置いた。それにお礼を言って、先生の講義に耳を傾け……たのだが、そこからが政近と睡魔の戦いだった。

(ダメだ、眠《ね》っむい)

寝不足に加え、二時限目が体育だったことがそれに拍車を掛けている。

それでも板書をしている最中は眠気に抗《あらが》うことが出来ていたが、先生が問題を生徒に当て始めた途端に一気に眠気が加速した。

先生とクラスメートのやりとりが、まるで子守歌か何かのように聞こえてきて、ついウトウトと……

「ンぐっ⁉」

……した瞬間、政近の脇腹にゴリッとシャーペンの頭がねじ込まれた。

(あ、あばら……あばらの、隙間……っ‼)

痛烈な不意打ちに無言で悶絶《もんぜつ》しながらも、隣に抗議の視線を向け……純度百パーセントの侮蔑の視線に迎撃され、首を縮めた。

その細められた青い瞳《ひとみ》が、何より雄弁に「私に教科書見せてもらっておいて居眠りするとはいい度胸ね」と言っていたから。

「(すみません……)」

「ふんっ」

すっかり眠気が吹き飛んだ政近は、視線を正面に向けたまま小声で謝罪する。

返ってきたのは侮蔑に満ちた鼻息だけだったが。

「それじゃあ、次の空欄に入るのは？　そうだな、久世」

「え、あ、はい」

そこでいきなり先生に当てられ、政近は慌てて立ち上がった。

が、直前まで寝かけていたのだから、答えなど分かるはずもない。

そもそも、どこの問題なのかすら分からない。救いを求めてチラリと隣を見下ろすも、アリサは知らん顔で政近の方など見向きもしない。

「どうした？　早く」

「あ、えっと……」

正直に分からないと言おうか。そんな考えが頭に浮かんだその時、アリサがふっと息を吐いて、教科書の一部分をトントンと指で叩《たた》いた。

「っ！　②の銅！」

心の中でアリサに感謝を告げながら、政近は指し示された選択肢を答えた。が……

「違う」

「え？」

即答で否定され、間の抜けた声を漏らす政近。

（違《ち》っげーじゃねぇーか！）

内心で絶叫しつつバッと隣を見下ろすも、アリサは変わらず知らん顔。いや、よく見ると口元が若干笑っていた。

「それじゃあ、その隣の九条《くじょう》」

「はい、⑧のニッケルです」

「正解だ。久世、ちゃんと授業は聞いておけよ？」

「あ、はい……」

先生の叱責《しっせき》に政近はすごすご席に座り、しかしすぐにアリサに対して小声で抗議をした。

「（普通に間違いを教えるなよ！）」

「（私はどこの問題かを教えただけだけど？）」

「（嘘吐け！　明らかに②を指差してただろうが！）」

「(酷《ひど》い言いがかりね)」

「(目が笑ってんだよ！)」

今にも「うがぁ――！」と叫びそうな政近に、アリサは小馬鹿にした笑みを浮かべて鼻で笑う。そして、ロシア語でボソッと呟《つぶや》いた。

【かわいい】

突然のデレに、政近は頬がひくつきそうになるのを必死に抑え込んだ。反動で手が震えそうになるのを我慢しながら、なんとかすっとぼける。

「(なんだって？)」

「(バーカって言ったのよ)」

心の中で「嘘吐けやぁぁぁ――――!!」と絶叫するが、それを表には出せない。

政近がロシア語が分かるのは、大のロシア好きだった父方の祖父の影響だ。

小学生の頃、しばらく祖父の家に預けられていた折に、祖父にロシア映画を散々観せられたのがきっかけだ。

政近自身はロシアに行ったことはないし、親戚《しんせき》にロシア人がいるわけでもない。

学校でも特に言ったことはないので、この学校で政近がロシア語が分かることを知っているのは、隣のクラスの妹だけだ。

そしてその妹にも口止めをしているので、他に知る者は一人もいない。

今となってはもっと早くにカミングアウトしておくべきだったとも思うが、後悔したところで後の祭りだ。

この、隣の席の美少女にロシア語でだけデレられるという謎の羞恥《しゅうち》プレイも、全ては自分が蒔《ま》いた種なのだから甘んじて受け入れるしかない。

胸の奥から湧き上がってくる何とも言えない恥ずかしさを、顔を赤くし、きゅっと唇を引き結びながらふすーっと息を吐いて必死に堪《こら》える。すると、その様子を怒りを堪えているのだと勘違いしたアリサが、心底面白そうに呟いた。

【赤ちゃんみたい】

政近の脳内に、幼児化した自分のほっぺたをニヤニヤ笑いながらつっつくアリサの姿が浮かぶ。

（なるほど、戦争がお望みか）

完全に見下されて遊ばれていると理解した政近は、一気に真顔になった。

（だ～れが赤ちゃんだこのヤロウ……俺の本気を見せてやろうか）

チラリと時計に目を遣《や》り、授業終了までの時間を確認する。

（十一時四十分。あと十分か……その間に、なんとか反撃、を……）

と、そこで政近はとんでもない事実に気付いて目を見開いた。

（しまった！　午前中の無料ガチャ回してねぇ!!）

痛恨のミス。本来なら家を出る前かホームルーム前に回しておくのだが、今朝は眠過ぎてそこまで頭が回っていなかったのだ。

（あっぶねぇ、よく気付いた俺。仕方ない、次の休み時間に回すか）

すっかり考えがオタク方向にシフトし、アリサに赤ん坊扱いされたことなど、もうどうでもよくなってしまった政近。その単純さは赤ちゃん並みと言われても仕方がない気がするが、本人に自覚はない。

残りの授業を適当にやり過ごすと、先生が教室を出て行く……のを見届けた途端、机を元の位置に戻すのもそこそこに素早くスマホを取り出し、最速でゲームアプリを起動する。

それを見咎《みとが》めたアリサが、眉《まゆ》をひそめて注意をした。

「緊急時と勉強に使用する場合を除き、校内でのスマホの使用は校則違反よ。生徒会役員である私の前でいい度胸ね」

「なら、これは校則違反じゃないな。緊急時だし」

「……念のため聞くけど、どこが緊急？」

どうせロクでもない理由だろうとジト目になるアリサに、政近は無駄にキリッとした顔で言い切った。

「無料ガチャ、あと十分で終わるんだ」

「スマホ没収されたいの？」

「お前はそんなこと、しないって信じてるZE☆」

「一回本当に没収してやろうかしら」

サムズアップをしながらへたっくそなウインクをする政近に、アリサはますますジトッとした目を向ける。しかし、政近は特に応《こた》えた様子もなく、手元のスマホに視線を落としながら言った。

「さ〜て、レアが出れば御の字……というか、ウインクとか久々にやったわ。何気に難易度高いよな、ウインクって」

「何よいきなり……」

「いや、アイドルとかが時々やるけど、芸能人でもキレイにウインク出来る人って少ないよなぁと」

「そうかしら？」

「え？　難しくない？　どうしても頬や口の端が変に引き攣《つ》って、パチンッというよりムイって感じにならない？」

「別にならないわよ」

「……ほう？　じゃあ見せてもらおうじゃないですか、本当にキレイなウインクってやつを」

顔を上げ、ニヤッと挑戦的な笑みを浮かべる政近。仏頂面をしたアリサの眉がピクリと動き、話を聞いていた周囲のクラスメートが軽くざわつく。

たちまち周囲から視線が集まるのを感じながら、アリサは憮然《ぶぜん》とした表情のまま政近に向き直ると、一度大きく溜息《ためいき》を吐いた。

「はぁ……ほら、こうでしょ？」

そして、小首を傾げながらそれは見事なウインクをしてみせた。

顔の他の部分に一切余計な力を加えることなく、自然に片目をパチッとつぶる。

孤高のお姫様のウインクという貴重なワンシーンに、周囲から「おおっ！」というどよめきとも歓声ともつかない声が上がり、パチパチとまばらに拍手まで上がる。

が、リクエストをした当の政近はというと……

「っしゃあ！　SSR月読《つくよみ》キタァ！　……って、ああごめん。ちょっと見てなかったわ」

「没収」

「ノゥ！」

容赦なくスマホを取り上げられ、悲鳴を上げる政近。それを仁王立ちで見下ろすアリサ。

その頬をうっすら赤く染めるのは、怒りかそれとも羞恥か。

図らずも先程の授業中のからかいに対する反撃になっている気がしないでもないが、政近にその気はない。悪気がないからこそタチが悪いとも言えるが。

と、そこでアリサの耳に、頭を突き合わせてコソコソ話をする三人の男子生徒の声が聞こえた。

「（お、おい、今の撮れたか？）」

「（いや、ちょっと角度が……）」

「（ふっ、任せろ。ウインクの瞬間、バッチリ押さえたぜ）」

「（おおっ！　マジかお前、超有能かよ！）」

「（その画像くれ！　千円までなら出すぞ！）」

「没収」

「「「ゲェッ⁉　九条さん⁉」」」

こっそり盗撮していたスマホを取り上げられ、一斉に悲鳴を上げる三人の男子。

「なんすか九条さん！　俺達なにも――」

「なにも？」

「あ、いや、なんでもないっす……」

往生際悪くとぼけようとするも、ギロンと向けられた視線に一瞬で萎縮《いしゅく》する男子。

しかし、それも無理はない。実際、ツンと顎《あご》を上げ見開いた目でギロンと見下ろすアリサの姿には、大の男でもたじろぎそうな迫力があった。

その冷たく厳しい視線、まさにツンドラ級。

背後にブリザードでも吹き荒れていそうなその迫力に、アリサのウインクに盛り上がっていた他のクラスメートも皆一様にサッと視線を逸《そ》らすと、その余波が自身に及ばないよう息を潜めた。

無人の雪原を行くがごとく、四台のスマホを手に自分の席に戻るアリサ。

俯《うつむ》き、ブリザードが過ぎ去るのを待つクラスメート達。だが、その威容を前にしても全く恐れ入ることのない男子が約一名。

「お許しくだされぇ～どうかお慈悲を～」

戻ってきたアリサの足元に身を投げ出すようにして、手を合わせて哀れっぽく懇願する政近。この期に及んで軽い雰囲気を捨てない政近に、周囲から勇者《バカ》を見る目が向けられる。

「仕方ないんじゃよぉ～。無料ガチャでSSR出たら、そりゃあそっち見ちゃうんじゃよぉ～」

その上、自己弁護までする政近。周囲から「こいつマジか」といった視線が政近に集まる中、アリサはツンドラな表情はそのままに、政近から取り上げたスマホに視線を落とした。

「……SSR、月読？　月読って日本神話の月の女神でしょ？　なんで黒髪じゃなくて銀髪なの？」

「え……さあ？　月のイメージからじゃない？　まあ、可愛いんだからいいじゃん、細かいことは」

「……ふぅん」

実にイイ笑みを浮かべる政近に、アリサがスゥッと目を細める。

同時にアリサのまとう空気が数段温度を下げて北極級になり、政近は内心「え？　なんで？」と呟いて笑みを引き攣らせた。

「……とりあえず、これは電源を切って放課後まで預かっておくわ」

「ちょっと待てぃ!!　そのまま電源落としたらセーブされない可能性が!?」

無慈悲に電源を落とそうとするアリサに、政近は本気で慌てる。

「お前が気に入らないのは俺だろう!?　彼女には罪はない！　俺はどうなってもいいから、彼女だけは解放してくれ！」

「なんで私が悪役みたいになってるのよ」

最愛の恋人でも人質に取られたのかと思うほどの必死さで、なんとか思いとどまるよう言葉を尽くす政近。

それを見下し切った目で見遣《みや》ると、アリサは溜息と共にグイッとスマホを突っ返した。

「ありがてぇ、ありがてぇ」

「……フンッ」

スマホを両手で受け取って拝み倒す政近に、アリサは不機嫌さを隠そうともせずに鼻を鳴らすと、他の三台のスマホも持ち主に返した。

盗撮した画像を削除するのをきっちり見届けてから、荒々しく自分の席に腰を下ろす。

「うわぁ～マジで月読様だぁ。絶対当たんねぇと思ってたわ……」

「……」

自身の髪をくるくると指に巻き付けて弄《もてあそ》びながら、アリサはキラキラした目でスマホの画面を眺める政近をチラリと見て、むっと唇を尖《とが》らせた。

【私だって銀髪なのに】

突如飛来した不意打ちのヤキモチに、政近はピシッと固化した。

「……なんだって？」

流石に聞き逃せずに、引き攣った表情で顔を上げる政近。そちらを冷たい視線で一瞥《いちべつ》したアリサは、髪を弄ぶのをやめて吐き捨てるように言った。

「『このゲーム廃人』って言っただけ」

「おい、その言い方は失礼だろう」

「な、なによ」

珍しく真剣な表情で険のある声を上げた政近に、アリサが少したじろぐ。が、すぐに「何も間違ったことは言っていない」と強気に睨《にら》み返した。緊迫感溢《あふ》れる空気に再び周囲の視線が集まる中、政近は大真面目な顔で注意をした。

「無課金勢である俺を廃人呼ばわりするなんて、真の廃人である重課金勢に失礼だと思わないのか？」

「そうね、誰であれあなたと一緒にはされたくないでしょうね」

「キッツぅ⁉」

無駄にキリッとした顔でアホなことを言う政近に、アリサのゴミを見るような視線が突き刺さる。それが物理的に突き刺さったかのように、ぐはぁっと胸を押さえる政近。

どこまでも芝居がかった態度を貫く政近に、アリサはもう付き合い切れないとばかりに大きく溜息を吐いた。

「まったくもう……珍しく真面目な顔するから何かと思えば……」

「おいおい、心外だな。俺はいつだって真面目だぞ？　真面目さが取り柄と言っても過言ではない」

「今世紀最大の過言よ」

「今世紀まだ八割も残ってますけど⁉」

「はぁ……もういいからスマホしまいなさいよ」

やれやれと肩を竦《すく》め、疲れ切った表情で頬杖《ほおづえ》を突く。

それを見て、政近も「ちょっと遊び過ぎたか」と肩を竦めた。このくらいにしておくかと、スマホをしまおうとして……直後、耳に届いたロシア語に動きを止めた。

【真面目にしてればかっこいいのに】

なんとも背筋がムズムズするような呟《つぶや》きに、思わず振り返る。

「なんだって？」

「『期待して損した』って言ったのよ」

「……ああそう」

「ええそうよ」

口には出さず、内心で「嘘吐けやぁぁ——!!」と絶叫する政近と、「バーカ。ふーんだ」と舌を出すアリサ。その心の声を正確に汲《く》み取り、政近は頬を引き攣らせた。

(ぜ、ん、ぶ、伝わってんだよこっちはぁぁぁ———!!)

そう思いっ切り叫べたら、どんなにスッキリするか。だが、それを明かして損をするのは自分の方だ。

(ぬ、ぐぐ……)

明かせないと分かってはいるが、どうにもモヤモヤする。なんとかこの隠れツンデレ娘の鼻を明かしたいと、歯嚙《はが》みをするが……その時、不意に教室の前の扉が開いた。

「お～っし、ちょっと早いが授業始めるぞ～……って、久世。なんでスマホを出してるんだ」

「あ……」

入ってきた先生に指摘され、今更ながら自分がまだスマホを持っていたことに気付く政

近。

「いや、これはちょっと課題で調べものを……」

「九条、本当か？」

「いいえ、久世君はスマホでゲームをしていました」

「うぉい⁉」

「やっぱりか。こっちへ来い久世！　没収だ！」

「いや、やっぱりってなんですか、やっぱりって！」

渋々教壇に向かいながら、先生に抗議をする政近。その背を眺めながら、やれやれと溜《ため》息《いき》を吐くアリサ。

「はぁ……ホントにバカ」

心底呆《あき》れた声音で呟くが、その声とは裏腹に、その口元にはうっすらと笑みが浮かんでいた。だが、政近含めクラスメートがそれに気付くことはなかった。

「(うおっ！　アーリャ姫が笑っている⁉)」

「(うおおぉ！　シャッターチャンス！)」

「(撮れ撮れ！　くそっ、カメラが起動せん！)」

「先生、そこの三人もスマホ使ってます」

「「「ノォウ‼」」」

……約三名の、本物のおバカを除いて。

第2話 別にぼっちじゃないぞ？

ガヤガヤザワザワと賑《にぎ》やかな食堂。トレイを手に行きかう生徒達。

昼休み、政近《まさちか》は友人二人と食堂にやって来ていた。入り口に貼られているメニューを見て、何を注文するか吟味する。

「お、新作の麺《めん》料理が出てる」

政近が目を付けたのは、新作のタグが付けられた麻婆《マーボー》ラーメンだった。ラーメンに麻婆豆腐を載せるというその組み合わせが、無類のラーメン好きであり辛《から》いもの好きである政近の好みにドストライクだったのだ。

「麻婆ラーメン？　なんか中華に中華を重ね掛けしたみたいな料理だな」

そう言って面白そうに笑ったのは丸山毅《まるやまたけし》。政近よりも少し背の低い坊主頭の少年で、政近にとっては中等部の頃からの友人だ。

「まあ、餃子ラーメンとかもあるし、それと似たようなものじゃない？」

「いや、そもそもその餃子ラーメンってのも聞いたことないが？」

「え、そう？　美味しいよ？　うちの近くのお店の名物なんだけど……」

そう言って首を傾げるのは清宮光瑠《きよみやひかる》。毅と同じく中等部の頃からの政近の友人で、若干色素が薄くて茶色がかった髪と瞳《ひとみ》を持つ、線の細い中性的な美少年だ。学園でも五本の指に入るその美少年っぷりに、食堂に入っていく女子が彼にチラチラと熱い視線を送っている。

「二人共決まったか？」

「おう」

「うん」

三人は頷《うなず》き交わして食堂に入ると、空いている席にハンカチやポケットティッシュを置いて席を確保。各々料理を取りに行った。

それぞれ料理を確保し、席に戻って食事を開始する。当然、注目を浴びたのは政近が持って来た麻婆ラーメンだった。

「うおぉ……実物見ると思ったより赤いな」

「辛くないの？　それ」

「いや、全然？　むしろ辛さが足りないくらいだ。味は美味《おい》しいけどな」

政近の対面に座る毅と光瑠が、政近がすする麻婆ラーメンを見てうわぁという表情を浮かべるが、当人である政近は涼しい表情だった。

「ふぅん、ちょっと一口味見させてくれよ」

「あ、僕も」

「いいけど」

「ありがとよ……って、普通に辛いぞこれ⁉」

「うっ、これ後から来るやつ……っ」

興味を引かれた二人が箸《はし》を伸ばして一口麺をすするが、途端に顔をしかめてコップに手を伸ばした。そんな二人に、政近は諭すように言う。

「おいおい、湯気が目に沁《し》みないものは辛いとは言わないぞ？」

「その基準はおかしい」

「ホントそれ」

「そもそも、本当に辛いラーメンって唇やられるからまともにすすれないし」

「それ、辛いと書いてつらいって読むやつだろ」

「唇やられるって……」

「当然胃袋もやられるぞ？」

「確定で腹壊すもん食うなよ」

毅がツッコミを入れたところで、食堂の入り口がざわついた。政近達が反射的にそちらに目を向けると、ちょうど三人の少女が食堂に入ってくるところだった。

「お、生徒会メンバーだ。会長と副会長は……いないのか。それでも、三人もそろってるとなんかすっげぇなぁ」

その姿を目にした毅が感嘆の声を漏らす。それと同様の反応が、食堂の各所で起こっていた。三人が通れば男子は色めき立ち、女子ですら憧《あこが》れの視線を向ける。

ちょっとしたアイドル状態だが、実際その三人の少女は、全員そんじょそこらのアイドルよりも遥《はる》かに整った容姿をしていた。

「ホント、すごい美人姉妹だよね。九条《くじょう》さんって」

その銀色の髪で三人の中でもひときわ目立つアリサと、その前にいるアリサよりも少し小さな少女を見て、光瑠がしみじみと言う。

そう、アリサの前にいるその少女は二年の生徒会書記で、名をマリヤ・ミハイロヴナ・九条。愛称をマーシャといい、アリサの一つ上の実の姉なのだ。

しかし、その色彩と雰囲気は姉妹で全然違う。

透けるような白い肌を持つアリサに対して、マリヤはたしかに白い肌だが、それは精々すごく色が白い日本人といった程度。

肩まであるウェーブが掛かった髪は明るい茶色で、少し垂れ目気味な優しげな瞳も明るい茶色。容姿自体も、アリサと対照的にずっと日本人寄りの童顔だった。

スラリと背が高く、大人びた容姿をしているアリサと並ぶと、一見どちらが姉なのか分からなくなりそうだが、しかし首から下はしっかりと姉の貫禄《かんろく》を見せていた。

具体的に言うと、胸が大きい。お尻《しり》も大きい。アリサも十分日本人離れしたスタイルを持っているが、女性らしさという点ではマリヤはそれ以上だ。

その豊満な肉体が、持ち前の優し気な容姿と柔らかな雰囲気も相まって、高校二年生とは思えない母性を放っている。

事実、彼女は一部の生徒達から学園の聖母《マドンナ》と呼ばれていた。

「いいよなぁ、九条先輩。お近付きになりたいぜ」

「でも、九条先輩って彼氏いるらしいよ」

「そうなんだよなぁ！　くっそぉ、誰なんだよその幸運な男は！」

デレっと締まりのない表情を浮かべていた毅は、光瑠の一言にギリギリと歯嚙みをしそうな渋面になった。それを見て、政近が意外そうな顔をする。

「え？　誰なんだよって……毅でも知らないのか？」

「〝オレでも〟って言い方は気になるが……なんかロシア人らしいってことしか知らないな」

「ふぅん」

「遠距離なのかな？　なんか九条先輩が日本とロシアを行ったり来たりしてるって話は聞いたことあるけど」

光瑠の言う通り、九条姉妹は父親の仕事の都合で日本とロシアを行ったり来たりしていた。アリサの場合、五歳までをロシアで過ごし、小学一年生で日本に渡った。そして小学四年生でまたロシアに戻り、中学三年生で日本に戻ってきたのだ。

「つまり、遠距離で一年以上続いてるってことだもんなぁ……やっぱ無理かぁ」

「まあ、今まで告白した男子がことごとく彼氏を理由に断られてるみたいだからね……」

「それでなくとも毅じゃ無理だろ」

「うるせぇ！　いくらアーリャ姫と仲がいいからって調子乗んなよ!?」

容赦なく残酷な現実を突きつける政近に、毅が鼻息荒く叫ぶ。

「ん～仲いいっつっても、呆れられてばっかりだけどな」

「それでも、無関心よりはマシだろ。アーリャ姫って基本的に誰とも話さないし。話したとしても、事務的なことだけで無駄話とか一切しないし」

「それはまあ、もう一年以上隣の席だし……」

「にしてもだよ。そもそも、本人を前にしてアーリャ姫のことを愛称で呼んでんのなんて、お前くらいのもんじゃねーか」

「まあ、な……」

「くぅ～羨《うらや》ましいぜまったく。あの孤高のお姫様に、愛称で呼ぶことを許してもらってるなんてよぉ」

「そう思うんなら積極的にアタックしたらいいじゃん。クラスメートなんだし」

政近がそう言うと、毅は苦笑いを浮かべて顔の前でヒラヒラと手を振った。

「いやぁ無理無理。あまりに完璧《かんぺき》超人過ぎて近寄りがたい」

「だからって盗撮はすんなよ」

「いや、あそこまで美人だと撮りたくなるだろ、普通」

政近のジト目のツッコミに、悪びれた様子もなく開き直る毅。

そう、何を隠そう毅は、午前中にアリサを盗撮していてスマホを没収された三人組の一人。というか、主犯格だった。

「ホンット、すんげえ眼福だよなぁ。もうずっと見てられる。あの顔をおかずに白飯五杯はいけるわ。九条先輩もセットなら十杯は堅いな」

「毅、それは普通にキモイぞ」

「うん、流石に引く」

弛《ゆる》み切った表情でアリサ達の方を見る毅に、流石の親友二人もドン引くが、毅はむしろお前らの方がおかしいと言わんばかりの顔をする。

「なんでだよ、お前らも思うだろ？　あんなに綺麗《きれい》な女の子、他で見たことねーし」

「まあ、美人なのは認めるが……お前は少し神聖視し過ぎだ。アーリャもあれで、話してみると意外と愉快な奴だぞ？　……いろんな意味で」

「あぁ〜出ました。俺は知ってるけどねアピール。自慢か？　自慢なのか？」

「違《ち》っげーよ」

「愉快な人、ね……九条さんをそんな風に呼べる辺り、政近って大物だよね。ある意味」

「それはどういう意味だ光瑠？　俺が身の程知らずだって言いたいのか？　うん？」

「そうじゃなくて……毎日あれだけ注意されてて、よくその相手にそんなことが言えるなあって、純粋な感心だよ」

「あぁ……」

光瑠の言葉に、政近は視線を横に逸《そ》らしながら曖昧《あいまい》に頷く。

政近がいくらアリサに小言を言われても平気なのは、アリサが正論しか言わないのもあるが、それ以上に時々ロシア語で漏らす言葉があまりに微笑まし過ぎるからだった。

そもそも、本気で嫌いな相手ならアリサは注意などせず無視するだろう。そうしない以上、恐らくアリサだってなんだかんだ自分とのやりとりを楽しんでいるのだ。

そう思えば、小言を言われるのなんて別に気にならない。もっとも、そんな裏事情を誰かに明かすつもりはないが。

「とりあえず、普通に話しかけてみたらどうだ？　案外会話が続くかもしれないぞ？」

「つってもなぁ……去年のあの様子を見てるとどうも」

毅の言葉に、政近はさもありなんと頷く。去年、突如彗星《すいせい》のごとく現れた美貌《びぼう》の転入生。

当初、アリサは学園中の注目の的だった。

そもそも征嶺学園《せいれいがくえん》では、転入生自体が非常に珍しい。理由は単純。転入試験の難易度が恐ろしく高いからだ。

ただでさえ日本でも屈指の難関校であるところに、その転入試験は更に数段上の難易度に設定されている。学園生でも、合格ラインに達することが出来るのは一割いるかどうかといったレベルだ。

そんな超高難易度の転入試験を突破し、更には一学期の中間試験でも学年一位を獲得したのだ。そこにあの容姿。注目を集めないはずがない。

ただ、男女問わず多くの人がアリサと交流を持とうとしたが、アリサは常に一線を引いた態度を保ち、誰とも仲良くなろうとはしなかった。

そして、いつからかアリサは、孤高のお姫様などと呼ばれるようになっていたのだ。

「やっぱりあの中でアタックするんなら……周防《すおう》さんかな。消去法的に」

毅が、注文の列に並んでいる一人の少女を見て言った。

腰まである艶《つや》やかな長い黒髪と、小柄ながらも程よく女性らしさを主張する均整の取れた体軀《たいく》。ぱっと見、アリサやマリヤほどの華やかさはない。

しかし、その可愛らしさの中にも気品を感じさせる容姿は非常に整っており、遠目にもピシッと伸びた姿勢やおしとやかな所作からは、少女の育ちの良さが窺《うかが》えた。

彼女は生徒会広報を務める一年生で、名を周防有希《ゆき》という。元華族の家柄で、代々外交官を担ってきた周防家の長女であり、正真正銘のお嬢様である。

その高い社交性と洗練された立ち居振る舞いから、生徒達の間ではアリサが孤高のお姫様と呼ばれるのに対して深窓のおひい様と呼ばれ、学年の二大美姫《びき》と並び称されている。

「まあ高嶺《たかね》の花ってことには変わりないけど、話しやすい分、アーリャ姫よりはワンチャンありそうだよな」

一人でうんうんと頷《うなず》く毅に、光瑠が懐疑的な表情で首を傾げる。

「ワンチャン、あるかなぁ？　周防さん、男子の告白を断った回数では、九条さん以上らしいよ？」

「ぬ、ぐ……そうなんだよなぁ。恋愛に興味ないんかなぁ？　それとも、お嬢様らしく実は婚約者いるとか？　政近、そこら辺どーなん？」

「なぜ俺に訊《き》く」

「むしろ、お前以外の誰に訊くんだよ。なんせ、お・さ・な・な・じ・み、なんだからよ？」

嫉妬《しっと》に満ちた目で一音一音強調する毅に、政近は溜息《ためいき》を吐く。

「俺の知る限り、婚約者はいないよ。恋愛に興味あるかどうかは知らん」

「じゃあ興味あるかどうか本人に訊いてくれよ」

「やだ」

「なんでだよ！　協力してくれよ友達だろ？」

「本当の友達は友情を盾に何か要求したりしない」

「あ、そこは政近に同意」

「ぐっはぁ！」

正面と隣からの十字砲火で毅が撃沈したところで、政近はなんとなく注文スペースの方を見た。

すると、ちょうど生徒会の三人が料理を手に席を探し始めているところだった。どうやら三人で座れる場所がないらしい。

しかしそこで、食堂の一角でひょいっと手が上がり、マリヤが残りの二人と何か話し合ってから、そちらに歩いて行った。

恐らく、二年生の友人にでも呼ばれたのだろう。

そして、残った二人が周囲を見回し……有希の視線が、政近の視線とバッチリ合った。

その目が政近の顔を認識し、スッと横にスライドする。そこにはテーブル端の、ちょうど二人分空いている席が。

（あ、これ来るな）

政近がそう予感した直後、果たしてアリサに声を掛けた有希が、真っ直ぐ政近の方へと歩いてきた。間もなく毅もそれに気付き、慌てて居住まいを正す。

「政近君。こちらの席、よろしいでしょうか？」

有希がそう言った瞬間、その後ろを付いてきていたアリサの眉間《みけん》にピシッとしわが入った。しかし、政近を含む三人の視線は有希に集中していたため、誰もその表情の変化に気付くことはなかった。

「ああ、まあいいけど。お前らもいいよな？」

「あ、お、おお」

「うん、いいよ」

「ありがとうございます」

ニコッと綺麗な笑みを浮かべながら三人にお礼を言うと、有希はテーブルを回り込んで政近の隣に座った。一拍遅れて、アリサも毅の隣、政近の右斜め前に座る。

「ああ、やっぱり政近君も同じものを頼まれたのですね」

その言葉通り有希のトレイには、政近と同じく麻婆《マーボー》ラーメンのどんぶりが。

お嬢様然とした有希と、いかにもB級グルメといった感じの料理が実に不釣り合いだ。

「周防さんでも……そういう料理って食べるんすね」

どこか緊張した様子で言う毅に、有希はポケットからヘアゴムを取り出し、髪を首の後ろでまとめながら微苦笑を浮かべた。

「そんなに畏《かしこ》まらなくて結構ですよ？　知らない仲でもありませんし、同級生なんですから」

「いや、まあ……はい」

「それに、わたくしもラーメンくらい食べますよ？　家では出ませんけれど、休日にはよく外へラーメンを食べに行ったりもしますし」

「へ、へぇ～意外っすね」

学園で淑女の鑑《かがみ》のように扱われている有希の庶民的な発言に、毅と光瑠が心底意外そうな顔をする。その反応に少し苦笑を深めながら、有希は丁寧にいただきますをすると、上品にラーメンをすすった。その横で、政近は毅にアイコンタクトをする。

『お前、緊張し過ぎだろ』

『うっせぇ、お前と一緒にすんな』

『お近づきになりたいんだろ？　こんくらいで緊張しててどうすんだ』

『すんません、オレにはやっぱり高嶺の花でした』

『諦《あきら》め早っ！』

政近と毅がアイコンタクトでそんな会話をしていると、ラーメンを一通り味わった有希がほうっと息を吐いた。

「おいしいですね。辛さはもう少しあってもいいと思いますけれど」

「だよな。ラー油をもっと追加したいわ」

「ここにはお塩やお醤油《しょうゆ》はありますけれど、ラー油はありませんものね。今度の生徒会の議題で検討してみてもいいかもしれません」

「いや、公私混同甚だしいなオイ」

政近のツッコミにくすくすと笑みをこぼしながら、「冗談です」と言う有希。

二人の親し気な会話に、黙々とA定食を口に運んでいたアリサの眉間に二本目のしわが入るが、やはり政近達がそれに気付くことはなかった。

そのことにますます眉間のしわを深くしつつも、アリサは一瞬瞑目《めいもく》して表情を改めると、何気ない口調で問い掛けた。

「二人は、仲がいいのかしら？」

アリサのその質問に、有希は正面に向き直ると、ニコッと笑って答える。

「わたくしたち、幼馴染《おさななじ》みなんです」

「幼馴染み……」

「はい、幼稚園からずっと同じ学校なんですよ？　残念ながら、クラスは一度も同じになったことがないのですけれど」

「そう、なの」

納得したようなしていないような、なんとも中途半端な頷き方をするアリサに、今度は政近が問い掛けた。

「そういう二人は仲がいいのか？」

その質問に答えたのは有希だった。答えに窮するアリサに優しい笑みを向けたまま、小首を傾げる。

「仲良くしようとしている最中、でしょうか？　少なくともわたくしは、アリサさんとお友達になりたいと思っていますけれど」

有希の真っ直ぐな言葉に、アリサは目を見開くと、少し困ったように視線を彷徨《さまよ》わせた。

「……私と友達になっても、楽しくないと思うわ」

目を逸《そ》らしつつ告げられた奇妙な断り文句に、有希は数度瞬《まばた》きをしてから、再び笑みを浮かべた。

「つまり、アリサさんはわたくしとお友達になること自体は嫌ではないということですよね？」

「え…………まあ、そう、ね？」

「では、お友達になりましょう！　せっかく同じ生徒会、同じ一年生なんですもの。ああ、そうです！　よろしければ、アーリャさんとお呼びしてもいいですか？　マーシャ先輩や政近君が呼んでいるのを聞いてて、素敵な呼び方だと思っていたんです！」

「え、ええ……それは、構わないけれど」

「ふふっ、嬉《うれ》しいです。改めてよろしくお願いしますね？　アーリャさん。わたくしのことは是非、有希とお呼びください」

「ええ……よろしく、有希さん」

両手を合わせながら嬉しそうに笑う有希に、珍しくアリサがたじろぐ。

「友情を深めるのは結構だが、早く食べないとラーメン伸びるぞ」

「ああ！　そうでした！」

政近の忠告に、慌てて食事を再開する有希。それをどこか困惑した表情で眺めていたアリサだが、そんな自分を政近が見ていることに気付き、どこか気まずそうにむっとした表情をした。

「それにしても久世《くぜ》君、普段す……有希さんに、私のことをどんな風に言ってるのかしら？」

「え〜？　いや、別に……いっつも怒られてるとか、そんぐらい」

「人を怒りっぽいみたいに言わないで。全部久世君の自業自得でしょ？」

キリキリと眉尻《まゆじり》を吊《つ》り上げながらピシャリと言い放つアリサに、政近は「へへぇ、ごもっともで」と首を縮め、有希がくすくすと笑みを漏らした。

「政近君ったら、恥ずかしがらなくてもよろしいではないですか」

「あ？」

「アーリャさん。政近君はアーリャさんのことをいつも、すごい努力家で尊敬するって言ってるんですよ？」

「え……？」

「いや、尊敬するなんて言ってねーし」

「でも政近君、努力する人には無条件で敬意を払うじゃないですか」

「……」

全て見透かしたように言う有希に、政近は気まずそうに視線を逸らした。そして、正面に座る毅と、その隣に座る光瑠に「お前らなんか言えよ」とアイコンタクトを送る。すると、二人は顔を見合わせて軽く頷《うなず》くと、トレイを持って同時に立ち上がった。

「それじゃあ、オレらもう食べ終わったんで」

「お先に」

サラッと裏切った二人に、政近はアイコンタクトで抗議する。

『おい！』

『いや、なんかちょっとキラキラし過ぎてもう無理』

『僕、女の子苦手』

政近の抗議も虚《むな》しく、二人はさっさと視線を切るとそそくさと食堂を出て行ってしまう。その背を恨みがましい目で見送る政近の耳に、アリサのロシア語が飛び込んできた。

【なによ、もう】

振り返ると、アリサは拗《す》ねているような、それでいてどこか嬉しそうな、何とも言えない表情を浮かべていた。振り返った政近をチラリと見て、すぐに視線を手元に移すと、黙々と食事を続ける。

既に、自分のラーメンをスープ一滴残さず胃袋に収めていた政近は、なんとなくその姿を眺める。すると、再びチラリと上目づかいで政近を見たアリサが、ロシア語でもにょもにょと呟《つぶや》いた。

【こっち見んな、バカ】

そして、ますます顔を俯《うつむ》けて食事に没頭するアリサに、政近はなんだか優しい気持ちになった。

(そっかぁ、尊敬してるって言われて照れちゃったんだねぇ。うんうん、そっかそっか)

ただし、見るのはやめない。ロシア語が分からないわけでも別に鈍感なわけでもないが、ここはあえて必殺「え？　なんだって？」を使わせてもらう。

すると、状況は分からないながらもなにやら妙な空気を察したらしい有希が、「ところで」と政近に話を振った。

「政近君、生徒会に入るという話は検討してくださいましたか？」

有希の言葉に、政近が「またか」とうんざりした表情になり、アリサがピタリと箸《はし》を止めた。

「何度も言ったろ？　入る気はないって。それに、この前新しい役員入れたって言ってなかったか？」

「入れたのですが……やはり、長続きしなくて……」

新生徒会が発足したのは六月の頭。約一カ月前だ。

この学園の生徒会は少し特殊で、生徒会長と副会長がペアで立候補し、他の役員は当選した会長と副会長が任命する形式になっている。

そのため、役員の数はその年によって変動するのだが、現在決まっている役職は、会長と副会長の他に書記のマリヤ、会計のアリサ、広報の有希。計五人だけで、庶務が一人もいない状態なのだ。

「男だと色ボケして仕事にならないから、今度は女子入れるって話じゃなかったか？　三人くらい入ったって言ってたけど、まさか全員辞めたのか？」

「それが……皆さん、自分では力不足だったと……」

「ああ……」

その言葉で、政近はなんとなく事情を察した。

そもそも、現生徒会の女性陣がいろんな意味で凄《すご》すぎるのだ。副会長と書記のマリヤは二年生の二大美女だし、アリサと有希は一年生の二大美姫《びき》。

それだけでも同性としては気後れしてしまうだろうに、同じ一年生であるアリサは学年一の才女。そして、有希は何を隠そう元中等部生徒会長である。

容姿でも実務でも格の違いを見せつけられ続ければ、並の女子では心が持たないだろう。かと言って、男子は男子でほとんどが美少女とお近づきになりたいという下心ありきだし、ちゃんと仕事してくれる人は女性陣の実務能力の高さに心が折れてしまう。

「その点、政近君なら実務能力に問題はないですし、わたくしやアーリャさんとも上手《うま》くやれると思うんです。なにしろ、元生徒会副会長なんですから」

「えっ？」

有希の言葉に、アリサが目を丸くして驚く。その視線を受けて、政近は嫌そうに渋面を作った。

「久世君、副会長だったの？」

「そうですよ？　二年前の中等部生徒会は、わたくしが会長で政近君が副会長だったんです」

「そう、だったの……」

「昔の話だよ。もう二度とやりたくねぇ」

心底嫌そうな顔でヒラヒラと手を振る政近に、有希は少し困ったような笑みを浮かべる。

そして、驚きに満ちた目で政近を見つめるアリサに向かって小首を傾げた。

「アーリャさんは意外に思われるかもしれませんが、政近君はこれでもやる時はやる人なんですよ？　普段はこんな感じですけれど」

「こんな感じってなんだ、こんな感じって」

「ふふっ、さあ？　どんな感じでしょう？」

有希の言葉を受け、アリサがむっとした表情を浮かべた。そして、対面で親しげに言い合いをする二人を、どこか不満そうに見つめる。

【知ってるわよ、そのくらい】

ボソッと漏らしたそのロシア語が、二人の耳に届くことはなかった。

◇

「それでは、わたくしは少し生徒会室に寄っていきますので」

「そう、ならまた放課後に」

「はい、ではまた」

「じゃな」

「はい。生徒会加入の件、考えておいてくださいね？」

「だから入らねーって」

「ふふ」

「おい、なんだその『分かってますよ』みたいな顔は」

「いえいえ、それでは」

食堂を出て少ししたところで、有希と別れる。ぺこりと綺麗《きれい》なお辞儀をして去るその背に、ヒラヒラとぞんざいに手を振る政近。

そこにアリサの、いつもの二割増しで冷たい声が突き刺さった。

「本当に、仲がいいのね」

「意外か？」

「ええ、意外だわ。まさかあなたに女友達がいたなんて」

辛辣《しんらつ》な口調でピシャリと言い放つアリサに、政近は片眉を上げた。

「え？　そこ？」

「なによ」

「いや、だって……」

そして、「お前何言ってんだ？」と言いたげな表情で、ピッとアリサの顔を指差した。

「女友達」

「……」

当然のことのように告げられた言葉に、アリサは真顔でゆっくりと瞬きをすると、わずかに首を傾げた。

「……私達って、友達なの？」

「え？　違うの？」

「……」

心底意外そうに問い掛けられたアリサは、しばし沈黙したかと思うと、唐突に身を翻した。政近に背を向け、何かを抑え込んだような平坦《へいたん》な声で答える。

「そうね、私達は友達だわ」

そして、それだけを言い置くと、有希が去った方向へと歩き始めた。

「お～い、どこ行くんだ～？」

「私も生徒会室に用事があったのを思い出しただけよ。……付いてこないで」

振り返ることなくはっきりと拒絶を示すと、アリサはそのまま歩き去ってしまった。

「なんだあれ……ま、いっか。そうだ、逃げたあいつらをシメないとな」

残された政近はそんな不吉なことを独り言《ご》ちると、一人で教室へと戻った。

その日の午後。一部の生徒達の間で、アーリャ姫が鼻歌を歌いながら廊下を歩いていたという噂が駆け巡ったが、幸か不幸かその話が政近の耳に入ることはなかった。

第3話　お巡りさん、こいつです

翌日、政近《まさちか》はいつもよりも一時間近く早く学校に来ていた。

特に深い理由があったわけではない。

単純に、いつもより一時間早く目が覚めてしまったのだ。

それも、政近にしては珍しくスッキリとした目覚めで、下手に二度寝したらなかなか寝付けずにゴロゴロした挙句寝過ごす予感がしたので、それならいっそのことと早めに登校したのだ。

あともう一つの理由として、今日たまたま自分が日直だったからというのもある。

この学園では出席番号順に二名ずつが持ち回りで日直をし、その二人が隣り合うように席を配置している。つまり、日直での政近の相方はアリサだった。

政近は自分が面倒くさがりで怠惰な人間だと自覚しているが、それで他人に迷惑を掛けないようには心掛けていた（教科書を忘れてアリサに見せてもらうのは、政近の中では迷惑の範疇《はんちゅう》に入っていない）。

なので、いくら面倒でも掃除当番や日直の仕事をサボったりはしない。それでもきっちり自分の担当分しかこなさない辺りが、政近の政近たる所以《ゆえん》なのだが、今日はちょっと違った気分だった。

「うむ、我ながら完璧《かんぺき》」

政近は教壇の上から誰もいない教室を見回し、満足そうに頷《うなず》いた。

机と椅子はきっちりと綺麗に並べられ、その上には担任の先生から返却されたノートが整然と置かれている。

黒板にはチョークの粉が一切付着しておらず、黒板消しもまっさらな状態。

これらはいつも日直の時にアリサが勝手にやっていることであり、本来の日直の仕事には含まれていないのだが、今日はせっかく早起きしたので、「え？　お前がいつもやってるやつ？　もう全部やっておいたけど？」というのをやってみたくなったのだ。

自分の席に戻り、いつもより早めに来るであろうアリサを待ち受ける。

すると数分後、果たしてアリサがやって来た。教室の扉を開け、政近の姿を確認して目を見開く。

「よ、おはよう」

「……おはよう、久世《くぜ》君」

教室を見回して、普段自分がやっている業務が完全に済まされていることに気付いて眉《まゆ》をひそめるアリサに、政近はどこか得意げな笑みを浮かべて言った。

「今朝はずいぶん早く目が覚めちゃってな。暇だったんで、いろいろと済ませておいたぜ」

「……久世君が早起きするなんて、今日は雪でも降るのかしら」

「アーリャさん、ホントに日本語堪能《たんのう》っすね」

「精々授業中に寝ないことね」

「……善処する」

自信なげにそう言う政近に、アリサは呆《あき》れたように溜息《ためいき》を吐いてから、小さい声ながらも断固とした口調で言った。

「……午前中の黒板消しは私がするわ」

決して他人に借りを作りたがらないその態度に、政近は苦笑を浮かべる。

別に、政近としては貸しを作ったつもりはないのだが、これはアリサのプライドの問題なのだろう。

こういう時に何を言っても無駄なのは一年以上の付き合いで分かっているので、政近も

「じゃあ頼むわ」と素直に受け入れる。

そんな政近に、アリサはまだどこか不満そうな顔をしつつも頷くと、少し妙な足取りで席へと近付いてきた。

その歩き方に違和感を覚え、政近はアリサのニーソックスが濡《ぬ》れていることに気付いた。

窓の外を見るが、確認するまでもなく外は晴天。夜中は雨が降っていたらしいが、今はその気配は微塵《みじん》もない。

「それ、どうした？　水たまりにでも足を突っ込んだのか？」

「違うわよ。あなたじゃないんだから」

「誰が年中ぼーっとしてる昼行燈《ひるあんどん》だと!?」

「そこまでは言ってないわよ……はぁ、これはトラックに水を撥《は》ねられたの」

「ありゃりゃ、それは災難だったな」

「まあ、車道側を歩いていた私にも責任はあるし、替えのソックスはあるからいいけど、ね」

そうは言いながらも、アリサは席に着くと気持ち悪そうに顔をゆがませながら上履きを脱ぐ。そして、椅子の端に右足を乗せると、政近の目の前でスルスルとニーソックスを脱ぎ始めた。

白いニーソックスに包まれていた眩《まぶ》しい素足が、政近の眼前にさらされる。スラリと長く、恐ろしく白い脚が、窓から差し込む朝陽を浴びて輝く。立てられた脚の上をスカートがズズッと滑り、その端からわずかにふとももが覗《のぞ》く。

湿ったニーソックスを脱ぎ去り、解放感に浸るようにググッと脚を伸ばすと、濡れた素足を外気にさらすアリサ。その姿に、政近はなんだかイケナイものを見てしまった気分で視線を逸《そ》らした。

別にただニーソックスを脱いだだけなのだが、まるで着替えシーンかお風呂《ふろ》シーンでも覗いてしまったかのような妙な罪悪感。今更ながら、アリサがとんでもない美少女であることを強く意識し、政近は急に落ち着かない気分になった。

「ふぅ……」

両方のニーソックスを脱ぎ、雨に降られた時用に持ち歩いている小さなタオルで脚を拭《ふ》くと、アリサはスッキリした面持ちで息を吐いた。

そして何気なく横を見て、そこに、体はこちらに向けたまま気まずそうな表情で斜め下を見る政近の姿を発見し、目をぱちくりさせた。

その、いつも飄々《ひょうひょう》としてなにものにも動じない政近の、なにやら照れくさそうな、ドギマギとした表情を見て……アリサの口元に、ニヤーっとした笑みが浮かんだ。

どこか嗜虐《しぎゃく》的な、悪戯《いたずら》っぽい表情を浮かべると、アリサは政近の方に向き直って右足を伸ばした。政近のズボンを器用に親指と人差し指で挟むと、ツンツンと引っ張る。

「ねぇ、ちょっとロッカーから替えのソックスを取ってくれる？」

「はっ？」

「先に脱いじゃったから、取りに行けないのよ」

そして、「見たら分かるでしょ？」と言わんばかりに、足先を宙に浮かせたまま器用に脚を組む。

一瞬、正面から絶対領域が見えそうになり、政近は動揺も露《あら》わにサッと視線を逸らした。

その様子に、アリサはますます嗜虐的な笑みを深めると、椅子の背に頬杖《ほおづえ》を突いた。

朝陽を背に、愉《たの》しそうに笑うその姿のなんと絵になること。

さながら従者に無理難題を突き付けて面白がる我《わ》が儘《まま》姫。あるいは部下に無茶《むちゃ》振りする悪の女幹部といったところか。

(ドレスに軍服、アーリャならどっちも似合いそうだな～)

そんな風に思考を明後日の方向に飛ばしながら、政近はそそくさと席を立つと、教室後方にあるアリサのロッカーに向かった。

視線でアリサに確認を取り、扉を開けると、中にはきっちりと整理整頓《せいとん》された教科書類や道具箱。

その奥の方、折り畳み傘の下に、透明なビニール袋に入れられたソックスが入っていた。

またしてもなんだかイケナイことをしている気分になりつつ、そのソックスをビニール袋ごと引っ掴《つか》むと、そそくさと自分の席に戻る。

「ほら」

そして、アリサの顔の横辺りを見ながらソックスをグイッと突き出すと、アリサは窓枠に寄り掛かりながら爆弾発言を放り込んだ。

「じゃあ、穿《は》かせて？」

「ふぁっ⁉」

奇声を上げながら政近が振り向くと、アリサがこちらに向かって右足を上げていた。

二人きりのせいか、アリサはいつもと違って面白がっていることを隠そうともせずに、ニヤーっとした笑みを浮かべながら首を傾げる。

「どうしたの？」

「いや、どうしたってむしろお前がどうした⁉」

「ソックスを取ってくれたお礼よ。あなたにとってはご褒美でしょ？」

「いや、それがご褒美なのは一部の特殊な……」

「あら？　違うの？」

「いえ！　ご褒美ですぅ⁉」

意外そうな顔で腕を組みながら、またしても脚を組み替えるアリサに、政近はギュインっと頭ごと目を逸らしながら叫んだ。

そのまま「もういいだろ⁉　勘弁してくれ‼」と続けるつもり……だったのだが、それよりも先にアリサのロシア語の呟《つぶや》きが政近の耳に届いた。

【私もだけど】

チラリと横目で見ると、直前までの悪戯っぽい顔はどこへやら。

心なし赤い顔で、髪をいじりながら目を逸らすアリサ。その表情を見て、政近の脳がおかしな方向へフル稼働した。

アリサのロシア語のデレがなんなのか。

政近は以前から考えていた。そして、至った結論が「アーリャは精神的露出狂なのではないか」という結論だった。

アリサは完璧主義な努力家だ。自分の理想とする自分であるため、常に己を厳しく律し、不断の努力を続けている。

しかし、そういう普段から自分を抑え込んでいる人間ほど、どこかでため込んだストレスを発散したがるものだと、政近はどこかで聞いたことがあった。

そして、アリサにとってはこのロシア語のデレこそがそうなのではないかと。

さながら公の場で下着を着けずに出歩く露出狂のごとく、恥ずかしい発言を人前でして、バレるかバレないかギリギリのスリルを愉しんでいるのではないかと。

政近はそう推測した。つまり、何が言いたいかと言うと……

(合意の上ならセーフ!!)

政近の理論からすると、アリサは恥ずかしさを楽しめる人種だ。つまり、アリサも嬉《うれ》しいし自分も嬉しい。そう、これはw・i・n-w・i・nの関係なのだ!

……これを他の人が聞いたなら、「どんな論理展開だ」「精神的露出狂ってなんだよ」

「犯罪者は全員合意の上だったって言うんだよ」等々、様々なツッコミが殺到すること必至だが、悲しいかな政近の脳内にはツッコミ役が不在であった。

しかし、この段階ではまだ政近には迷いがあった。合意がなされたと言っても、それはロシア語でのこと。ここはやはり日本語でも言質を取っておきたい。

「今、なんて言った？」

完全に悪人の発想で、政近は正面に向き直りつつ尋ねる。すると、アリサは即座に挑発的な笑みを浮かべ、政近が予想した通りの誤魔化し方をした。

「別に？　『意気地なし』って言っただけよ」

その一言待ってました。政近は内心でガッツポーズを取りつつ、さも心外そうな顔をした。そんな政近にふふんっと小馬鹿にした笑みを浮かべ、アリサは組んでいた脚を直す。

「まあ、いいわ。自分で穿くから――」

「いや、その必要はない」

「え――？」

ソックスを渡してもらおうとしたところで、政近がソックスを手にその場に跪《ひざまず》き、アリサは目をぱちくりさせる。

しかし、次の瞬間右足に政近の手が添えられ、大きく目を見開いた。

「ひぁっ⁉」

踵《かかと》から足首に掛けて他人の指が這《は》う、くすぐったいような気持ち悪いような感覚に、アリサが素っ頓狂な声を上げる。反射的に脚がビクッと跳ね上がり、慌ててスカートを手で押さえる。

「おいおい、暴れるなよ」

「あ、暴れるなって、あ、ちょっ──!?」

変な声が出そうになり、右手でスカートを押さえたまま左手でパッと口を押さえる。そんなアリサに呆れの視線を向けつつ、しかし口元にしてやったりという笑みを浮かべながら、政近が言う。

「なんだよ、穿かせろって言ったのはお前だろ？」

「そ、うだけど、でも──っ！」

「流石に意気地なしとまで言われちゃ、俺にもプライドってもんがあるんでな」

「ちょっと待っ、まだ心の準備が──」

しかし、そんなアリサの言葉など意に介さず、両親指にソックスの口を引っ掛けた政近が、スーッとアリサの脚にソックスを穿かせていく。

足先からソックスが這い上がってくる感覚に、アリサの背筋にゾクゾクとしたものが走る。

「あ、や──」

そして、政近の親指がソックスの薄い布越しにアリサのふとももに触れ――

「〜っこ触ってんのよ!!」

「ハブシッ!?」

咄嗟《とっさ》に蹴《け》り上げたアリサの足が、見事に政近の顎《あご》を捉《とら》えた。そのまま尻《しり》もちをつき、自分の椅子に後頭部を強打する政近。

「〜〜〜っ!!」

「あ、ご、ごめん。大丈夫？」

床に倒れ、頭を抱えるように身を丸めて悶絶《もんぜつ》する政近に、流石にアリサの中で心配が勝る。一時的に羞恥《しゅうち》や怒りを忘れて政近を気遣うアリサの前で、政近がプルプルと右手を床に伸ばすと、人差し指で床をなぞった。

それは、さながら己の血でダイイングメッセージを残す瀕死《ひんし》の人間のように。

実際には政近の指に血は付着しておらず、その指はただ床をなぞっていただけなのだが、アリサの目には政近が書こうとしている文字がはっきりと分かった。

ただ、カタカナで三文字。「ピンク」と。

「っ!?」

それを認識した瞬間、アリサがバッと自分のスカートを押さえた。その顔が一瞬にして怒りと羞恥で真っ赤に染まる。

「〜〜っんの、くっ〜〜」

床に倒れている相手に、どう怒りをぶつければいいのか分からないのだろう。アリサは右手を開いたり閉じたりしながら、しばし声にならない声を漏らしていたが、おもむろに政近の机の上にあったもう片方のソックスを引っ摑むと、素早く左足を通した。

そして、上履きを足に引っ掛けると、未《いま》だ床の上で死んでいる政近に向かってロシア語で叫んだ。

【信っじらんない！　バカ！　死んじゃえ!!】

そう子供のように喚《わめ》くと、アリサは荒い足取りで教室を出て行く。ちょうど教室に入ろうとしていたクラスメートの女子二人が、いつにないアリサの様子に驚きながら慌てて道を空けた。

「え？　なに？　アーリャ姫、なんかすっごい叫んでたけど？」

「ロシア語、だったよね？　何事？　え？　姫様ご乱心？」

二人そろってポカンとした表情でアリサの背を見送り、何気なく教室に目を遣《や》って、そこに後頭部をさする政近の姿を発見した。

「おはよう、久世……なんかあった？」

「ああ、おはよう……いや、別に？」

「おはよう、久世君。……頭どうしたの？」

「いや……なんか、こんなとこにニキビが出来たっぽくて」

「ふぅ〜ん？」

疑わしそうに首をひねりながら、自分の席に着く二人。その二人の疑惑の視線に気付かない振りをしながら、政近はスマホを取り出すと、メッセージアプリを起動して妹にメッセージを送った。

『妹よ、大変だ』

ちょうど車で登校している最中なのだろう。すぐさま既読が付き、返信が送られてくる。

『どうした、我が愛《いと》しのお兄ちゃん様よ』

『聞いて驚くな、実はな……』

『ゴクリ』

戦慄《せんりつ》に震える、アニメキャラのスタンプが送られてくる。その緊迫感溢《あふ》れるスタンプを見ながら、政近はまさに痛恨の極みといった表情でメッセージを打ち込んだ。

『俺……脚フェチだったのかもしれん』

『なん、だと……⁉　貴様、生粋のおっぱい星人ではなかったのか⁉』

『ああ……くっ！　まさか、俺にそんなフェチがあったとは‼』

『そうか……貴様もようやく、脚の素晴らしさが分かるようになったか……』

『そう、みたいだな』

『脚はイイぞ？　むっちりとしたふとももイイが、よく鍛えられたカモシカのような脚もまた捨てがたい』

『おお、流石だな妹よ』

『うむ……ところで兄者』

『うん？』

『なにこのクソみたいな会話』

『ごめん』

スマホ越しに妹に冷や水を浴びせられ、政近は真顔になった。スマホをしまうと、ぐでーっと机の上に突っ伏す。

「どーすっかねぇ」

自分でもいろいろとやり過ぎた自覚はある。今すぐ謝りに行った方がいい気もするが、あのプライドが高いアリサのこと、今下手に自分が行くとかえって意固地にさせてしまう気もする。

「ま、戻って来てから考えるか」

アリサだって子供ではないのだ。頭を冷やしたら、案外いつも通りの様子で帰ってくるかもしれない。

◇

結論、特にそんなことはなかった。

「ええ〜それでは、本日の連絡は以上。ああ、あいさつはいい。それじゃあ」

早口でそう言うと、担任の先生はそそくさと教室を出て行く。かなり駆け足で朝のホームルームが終わったので、まだ一時限目までには五分近く時間がある。

しかし、一年B組の生徒達は席を立つこともなく、声を潜めるようにして何かを囁《ささや》き交わし始めた。先生がホームルームを早く終わらせたのも、生徒達がどこか緊張しているのも、理由はただ一つ。

我らがアーリャ姫が普段の無表情を崩して、ぶすっとした不機嫌オーラ全開の表情で頬《ほお》杖《づえ》を突いているからだった。

「(な、なあ……あれ、何があったんだ?)」

「(分かんない……なんか、久世君と何かあったんじゃないかって話だけど)」

「(そりゃ、アーリャさんが不機嫌になるなんて久世君が怒らせたとしか考えられないでしょ。具体的に何があったのよ?)」

「(あたし、なんかアーリャ姫が叫んでるの聞いたよ?)」

「（え？　なんて？）」

「（さあ？　ロシア語だったから分かんなかった）」

教室内に小声で様々な憶測が飛び交う中、こっそりと席を立った毅《たけし》が、身を屈《かが》めたままコソコソと政近のところにやってきた。

「（な、なあ）」

「（なんだよ）」

周囲の空気に呑《の》まれ、なんとなく政近も小声で応じる。すると、毅は政近の耳に口を近付けて耳打ちをした。

「（お前、アーリャさん怒らせて延髄斬りされたってマジ？）」

「どうしてそうなった⁉」

思わず叫んでしまい、じろりとこちらに向けられたアリサの視線に首を縮める。

ちなみに延髄斬りとは、ジャンプしながら相手の後頭部目掛けて放つ回転蹴りである。

悪い子でも絶対真似しちゃダメなやつである。

「（アーリャがそんな危険技使ってくるわけないだろ）」

「（だ、だよな）」

「（ああ、精々顎にサマーソルトキックされただけだっての）」

「（いや、それはそれでヤバくね？）」

冗談だと思って苦笑を浮かべる毅に、政近は「半分くらいマジなんだけどな」と思いながら曖昧《あいまい》に笑う。

「(で、なんでアーリャ姫はあんなにご機嫌斜めなワケ?)」

「(いやぁ、それは……)」

「(どーせお前がなんかやらかしたんだろ? おら、キリキリ吐けや)」

「(う~ん、まあやったと言えばやったような?)」

正直に言えば、やった。やらかした。だが、ここで「そのおみ足に触れた挙句パンツを見ました」などと言おうものなら、即学級裁判に掛けられ満場一致で公開処刑されることは目に見えている。

なので、政近は毅の追及をのらりくらりと躱《かわ》しながら、なんとかアリサの機嫌を直せないものかと首をひねった。

「あぁ~……アーリャ?」

とりあえず謝ろうと、政近は頬杖を突いて窓の外に視線を向けるアリサに声を掛ける。

すると、アリサは視線だけ政近の方に向けると、剣呑《けんのん》な声で答えた。

「……なに、久世君」【この脚フェチスケベ男】

なんか、副音声が聞こえた。ロシア語で〝久世君〟にルビを振られた。

その言われようには政近としても大いに言いたいことがあったが、ロシア語が分からない振りをしている身としては何も言えない。

まあ「残念、俺はおっぱい星人だ」などと反論すれば、アリサの中の政近株が最安値を更新し、ついでにクラスの女子全員から政近株の売りが殺到すること必定なので、結局何も言わないのが正解かもしれない。

（でもさぁ～考えてみれば、俺そんなに悪いことしてなくね？）

アリサの冷たい反応に、政近の中でそんな考えが浮かぶ。

元より、アリサの脚を触ったのはアリサ自身の指示だし、それで恥じらって足を蹴り上げたのもアリサだ。

その結果パンツが見えてしまったのは不可抗力であり、その後にそれをダイイングメッセージ風に指摘したのはまあ余計だった気もするが、それだってアリサが暴力を振るったことを気にしないよう配慮してのことだったわけで……政近としては、自分だけ悪者にされるのは少し納得がいかなかった。

しかし、こういう状況では往々にして男というものは立場が弱いということも理解していたので、下手なことは言わずに謝ることにする。

「その、ごめんな？　さっきはいろいろと」

「……別に？　私も悪かったし、もう怒ってないわよ？」

政近の「じゃあなんでそんな不機嫌そうなんだよぉ～」という心の声と、聞き耳を立てていたクラスメート全員の「絶対嘘だ……」という心の声が重なった。

しかし、実のところ嘘ではないのだ。実際、既にアリサは怒っていなかった。

今のアリサの心の中にあるのは、脚を触られ、パンツを見られたことに対する羞恥心《しゅうち》。

それに加えて、いくら反応が面白かったとはいえ、自分から「穿《は》かせて？」とかやってしまった自分自身に対する羞恥心。

あと、子供のように喚いてしまったこととかその他諸々《もろもろ》の羞恥心が、アリサの心の中を埋め尽くしていた。穴があったら入って蓋《ふた》をして防音加工して中で叫びたい気分だった。

そんな自分の内心を表に出さないために、あえて「私、不機嫌です!!」というオーラを前面に押し出しているに過ぎない。

しかし、政近にはそんな乙女心など分からず、ただただ途方に暮れるしかなかった。

そうこうしている内にチャイムが鳴り、先生が入って来て一時限目が始まった。

「お～し、授業始めるぞ～。じゃあ、日直のく――久世。あいさつ」

黒板端に書いてある日直の名前を確認し、何気なくアリサの方を向き、自然な動きで政近を指名した数学教師。

（（気持ちは分かる））

約一名を除くクラス全員の気持ちが一致団結した。

「……起立、礼。よろしくお願いしま〜す」

「「よろしくお願いしま〜す」」

自然に不自然なあいさつの後も、妙に緊張感のある授業が続く。

政近の下には、案の定早起きの弊害で睡魔が近寄って来ていたが、流石にこの雰囲気の中で居眠りが出来るほど、政近は剛の者ではない。

かと言って授業に集中出来るわけもなく、政近は頭の中でひたすらお姫様の機嫌を直す方法を模索していた。

「それじゃあ、今日はここまで。……久世、あいさつ」

「……起立、礼。ありがとうございました〜」

「「ありがとうございました〜」」

最後まで頑《かたく》なにアリサの方を見ないまま、数学教師は教室を出て行った。その後を追うように、政近もすぐに教室を飛び出すと、足早に非常口の外に設置されている自販機を目指した。目当てのものを手に入れると、すぐさま教室にとんぼ返りし、隣のアリサに向かって恭しくそれを差し出す。

「姫、今日のところは何卒《なにとぞ》これでご勘弁を」

そう言って政近が差し出したのは……《征嶺学園《せいれいがくえん》それどこに需要あるんだよランキング》十四年連続堂々の第一位を記録している、その名も〝あんま〜いおしるこ〟だった。

ちなみに、中身は液状のあんこと言っても相違ない、ひっじょーに甘ったるく激烈に喉《のど》が渇く代物である。

(((なんでおしるこ!?)))

クラスメート達が「お前正気か？　姫に喧嘩《けんか》売ってんのか？」という目で政近を見るが、政近は知っていた。この血糖値爆上げ飲料を、アリサが時々飲んでいることを。

「……別に怒ってないって、さっき言わなかった？」

「へへぇ、それはもちろん。これはせめてものわたくしめの謝罪の気持ちでございますればぁ」

「……まあ、もらっておくわ」

「ははぁ～」

果たして、アリサは政近からおしるこの缶を受け取ると、プルタブを開け、中身を一気に飲み干した。クラス中から、戦慄《せんりつ》の視線が集まった。

「ごちそうさま」

「あ、空き缶はこちらで処理しておきますので」

「いいわよ、これくらい」

「いえいえ、姫のお手を煩わせるわけにはまいりません」

「だったらその変な小芝居やめて」

「うぃっす」

口調は辛辣《しんらつ》なままだったが、政近はアリサの雰囲気が多少和らいだのを感じた。そのことにほっとしつつ、自分の席に戻って……政近は、大変なことに気付いた。

（あ、やべ……次の授業の教科書ない）

いつもだったら、アリサに見せてもらうところだ。だが、この状況でぬけぬけと「教科書見せて？」などと言えば、少し上向きになったアリサの機嫌が急降下するかもしれない。そうなれば、クラス中から非難の視線を向けられることは間違いなしだ。

（仕方ない……）

鞄《かばん》の中と机の中を確認して固まる政近に、アリサの疑いの視線が向けられる。その視線から逃れるように顔を背けると、政近は反対隣の女子に声を掛けた。

「ごめん、ちょっと教科書見せてくれない？」

「え？　あぁ……うん、いいよ」

隣の女子も、事態を察したかのように苦笑を浮かべると、快く頷《うなず》いてくれる。そのことに感謝しつつ、政近は席をくっつけると、なんとかなったことに胸を撫《な》で下ろした。直後。

【浮気者】

そんなロシア語の呟《つぶや》きと共に、教室の空気がまた一段と冷たくなった。

（どないせえっちゅうねん……）

政近の嘆きも虚《むな》しく、この日の一年B組の教室では、やたらと緊張感のある授業が繰り広げられるのであった。

Иногда Аля внезапно кокетничает по-русски

第4話

姉妹百合、嫌いじゃないです

「ただいま」

アリサがマンションのドアを開けて奥に声を掛けると、姉のマリヤがリビングから顔を出した。基本無表情なアリサと対照的に、マリヤは基本いつでも笑みを絶やさない。

今もふわふわとお花でも散っていそうな笑みを浮かべながら、嬉《うれ》しそうに妹を出迎えた。

「おかえりなさ〜い、アーリャちゃん」

満面の笑みで両手を広げながら近付くと、右、左、右と順番にチークキスをし、最後にぎゅーっとアリサを抱き締める。

なんというか、世の百合豚《ゆり》が見たら歓喜しそうな絵面だった。

「ただいま、マーシャ」

姉の情熱的なハグを、アリサはトントンと腕をタップすることで離させる。すると、それまでほわっとした笑みを浮かべていたマリヤが、体を離しながら不満そうに頬を膨らませた。

「もう、日本《こっち》では〝お姉ちゃん〟って呼んでって言ってるのに」

「いやよ、今更」

アリサのすげない反応に、マリヤはむ～っとますます頰を膨らませる。

元々、ロシア語には日本語で言う〝お姉ちゃん〟や〝兄さん〟といった、兄や姉に対する特別な呼称が存在しない。

姉であろうが兄であろうが、名前呼びが基本だ。生まれがロシアであるアリサもそれに倣って姉のことは愛称呼びしているのだが、マリヤはこの〝お姉ちゃん〟という呼び方を気に入っているらしく、度々アリサにそう呼ぶよう要求してくるのだ。

「うぅ……アーリャちゃんが冷たい……」

不満顔が通用しないと見るや、途端にへにょっと情けない表情になるマリヤに、アリサは呆《あき》れた視線を向ける。今に始まったことではないが、姉にこんな顔をされるとなんだか悪いことをした気分になる。

しかし、何と言われようとお姉ちゃん呼びには抵抗がある。元々がしっかり者の妹とのんびり屋の姉。

身長もアリサの方が高く、年も一歳しか違わないこともあって、昔からアリサがマリヤの面倒を見ることの方が多かった。

そのため、アリサはマリヤに対して〝姉〟という意識自体が希薄なのだった。

（そもそも、〝お姉ちゃん〟って呼び方自体、なんか甘えてるみたいだし……）

せめて〝姉さん〟ならまだ考えなくもないのだが、マリヤが「それじゃいや」というのだから仕方ない。

もう気にしないことにして靴を脱ぎ、スリッパに履き替えると、マリヤが目をぱちくりさせて小首を傾げた。

「……アーリャちゃん、なんだかご機嫌斜め？」

「……別に？」

咄嗟《とっさ》に怪訝《けげん》そうな表情を浮かべ、アリサは内心の動揺を隠す。しかし、そんな誤魔化しもこの姉には通用しなかったらしい。

「その反応……やっぱり、例の彼？　久世《くぜ》くんと何かあったの？」

途端に目をキラキラさせて野次馬《やじうま》根性を丸出しにするマリヤに、アリサはうんざりしながら洗面所に向かう。

「何にもないわよ」

「ウソね、お姉ちゃんは騙《だま》せません。ねえねえ、何があったの？」

それからも、アリサのあとをカルガモのように付いてはしつこく訊《き》き続けるマリヤ。

とうとう部屋に乗り込まれたところで、アリサは観念した。制服のまま椅子に腰掛けると、床に敷かれたクッションの上にぺたんと座って話をせっつくマリヤに、面倒くさそうに口を開く。

「本当に、大したことじゃないわ……ちょっと喧嘩しちゃっただけ」

「へぇ〜、喧嘩！」

普通に考えれば決して褒められたことではない単語に、マリヤはなぜか嬉しそうに目を輝かせる。

「……なに？」

「だって……ふふっ、アーリャちゃんが喧嘩なんて、すごく珍しいじゃない。それも男の子となんて」

「まあ、ね」

「そっかぁ、遂《つい》にアーリャちゃんの心を動かす男の子が現れたのねぇ」

「なにそれ」

マリヤのなんだか意味ありげな言い方に、アリサが眉根《まゆね》を寄せる。すると、マリヤは訳知り顔で言った。

「好きなんでしょ？　その久世くんのこと」

「……はぁ？」

アリサは、マリヤの顔面に「何言ってんだこの脳内お花畑は」とでも言いたげな遠慮のない視線を突き刺すと、やれやれと首を振った。

「何を勘違いしてるのか知らないけど……私達はそういうのじゃないから。私達は、そう……」

アリサの脳内に、昨日の昼休みの光景が蘇《よみがえ》る。不思議そうな表情で、友達だと言い切った政近《まさちか》の顔が。

「そう……友達、よ」

思い出し笑いをしながら、どこか得意げにそう言い放つアリサ。どうだと言わんばかりのその表情に、マリヤが優しい目になった。

「ふぅ～ん、そっかぁ……でも、どうして友達に？　アーリャちゃん、いい加減な人や不真面目な人って嫌いでしょ？」

「それは……」

マリヤの言葉は正しい。そして普段の政近は、やる気がなくて、自堕落で……まさにアリサが嫌う人種だ。

そんな政近を、なぜ自分は友達だと認めたのか。アリサは、その原点となる過去の記憶へと思いを馳《は》せた。

◇

【グループ発表会の優秀賞は……Bチームでしたぁー！】

クラス中に広がる拍手の音。その中でただ一人、唇を嚙《か》み締めて俯《うつむ》く少女がいた。

アリサ、当時九歳。ロシアのウラジオストクにある、とある学校でのこと。

この時、アリサは自分が周囲の人間とは違うということに気付いた。

きっかけは、クラスで行われたグループでの研究発表会だった。

クラスの生徒達は四、五名ずつにグループ分けされ、二週間掛けて一つのテーマについて調べ、調べた内容を大きな紙にまとめて発表する。

アリサのグループの発表テーマは、『地域のお仕事』。近所のお店や家族の仕事についてインタビューをして、どんな仕事なのかを調査する。この年の子供らしい、他愛《たわい》のない内容だった。

しかし、どんな内容であれ手を抜かないのがアリサだ。

この当時から既に負けん気が強く、どんなものでも一番を目指していたアリサにとって、発表会における一番——優秀賞を狙うのは、至極当然のことだった。

そして、アリサは優秀賞を勝ち取るべく全力を尽くした。

毎日放課後になったら、自分に割り振られた地域のお店で夕食の時間になるまでインタビューを重ね、一週間で調べた内容はノート一冊を埋め尽くすほどだった。

だが、万全を期して臨んだグループでの打ち合わせの日。

アリサは、他のメンバー三人の言葉に愕然《がくぜん》とした。

【あ、悪い。調べてなかったわ】

【ここがパン屋で、ここが服屋。え？ 仕事の内容？ そんなの、パン屋ならパンを売ってるし服屋なら服を売ってるに決まってるじゃん】

【ごめん、まだ半分しか調べられてないんだ～。でも、まだ一週間あるし。大丈夫でしょ】

あまりにも……アリサからすればあまりにも、適当な調査内容。

他の三人が調べた情報を全部合わせても、アリサが調べた情報の半分にも満たなかった。

その事実。なによりそんな体たらくにもかかわらず、全く焦りも謝意も感じさせない三人に、アリサは怒りを通り越して呆気《あっけ》にとられた。

怒りが湧いたのは、三人がアリサのまとめてきたノートを見た時だった。

【うわっ、なんだこれ。お前どれだけ本気なんだよ】

【細かいなぁ。どう考えてもこんなに使わないでしょ】

【アーリャ……これ、全部読まないとダメ？】

三人から向けられる、呆れたような目。「あ～あ、やっちゃった」とでも言いたげな苦笑い。

（え？ これ、私が悪いの？）

その疑問が脳裏に浮かんだ直後、アリサのお腹の底から怒りが湧き上がってきた。

違う。私は悪くない。私はただ、与えられた課題に対して真面目に、全力で取り組んだだけだ。

私は間違ってない。間違っているのは彼らの方だ。

瞬間的に湧き上がった怒りと反感。それらを抑え込むには、アリサはまだ幼過ぎた。

【ねえ、なんで真面目にやらないの？】

睨《にら》み付けるような目。責めるような口調で放たれた刺々《とげとげ》しい言葉に、多感な少年少女は敏感に反応した。

そこから激しい口喧嘩《くちげんか》に発展するまでに、そう時間は掛からなかった。

授業中だったためすぐに先生が止めに入ったが、その短時間でアリサと三人のメンバーの間には、とても協力し合うことなど不可能なだけの亀裂《きれつ》が入ってしまった。

【そんなに気に入らないんなら、お前一人でやれよ!!】

売り言葉に買い言葉。メンバーの男子一人が放った言葉に、アリサは意地になった。

それから残りの時間を掛けて、アリサは可能な限り発表内容を自分が納得出来るレベルにまで引き上げようとした。

だが、所詮《しょせん》一人でやれることには限界があり、出来上がった発表は到底アリサが目指したレベルに達しなかった。結果、アリサが狙っていた優秀賞は別のグループの手に渡った。

アリサには、理解出来なかった。

　与えられた課題に対して、本気で取り組まないクラスメート達が。負けたことに対してなんとも思わず、へらへらと笑っている彼らが。

(みんなが私と同じくらい真剣にやってくれたら、絶対に負けなかったのに。ううん、最初から自分一人でやっていれば、絶対勝てたのに!)

　自分は他のみんなとは違う。私だけが真剣で、私だけが本気で取り組んでいる。本気で勝ちたいと思っている。

　そう悟った時、アリサは他者に期待するのをやめた。

どうせ誰も私のレベルについてこられない。私と同じだけの熱量で、本気で取り組んではくれない。

だったら好きにすればいい。そんな努力もやる気も足りてない人達に、私は絶対に負けない。あなた達が適当に遊んでいる内に、私は誰よりも上に行く。

　他者の協力なんて必要ない。全部私一人でやる。半端な覚悟やただの義務感で手出しされても、かえって迷惑だ。

　歳を重ね、ある程度の社交性を身に付けてもなお、アリサのその根本的な考えは変わらなかった。いや、むしろ年々強くなっていった。

　同級生達のやる気のなさ、レベルの低さを実感する度に積み上がった他者に対する失望は、いつしか周囲への無意識な見下しへと変わり。

そのことを自覚してからは、アリサは周囲との軋轢《あつれき》を避けるため、他者に対して一線引いた態度で接するようになった。

まさに孤高。他者とは一線を画する、生まれ持った才能と負けん気。それゆえの孤高。

十四歳になり、アリサは父親の仕事の都合で日本に戻ってきた。

両親の勧めで編入した、征嶺学園《せいれいがくえん》。日本屈指と言われる名門校。ここでなら、自分と肩を並べて張り合い、共に研鑽《けんさん》出来る相手がいるのではないか。アリサは淡い期待を抱いた。

しかし、編入してすぐの実力テストで、アリサの淡い期待は無残に裏切られた。

学年一位。五年ぶりの日本。テストの傾向も知らない外部編入生。それらのハンデがあってなお、学年一位。

(なんだ、ここでも、ここもやっぱりその程度のレベルなのね)

結局ここでも、私は一人なんだ。

そんな諦念《ていねん》が胸の中を埋め尽くそうとした時、アリサは彼のことを知った。最初の出会いは、編入初日。四月一日の朝。

「九条《くじよう》さん、日本語上手だね。前にも日本に住んでたの？」

「すっごいキレー。銀の髪って初めて見たよ」

「ねぇねぇ、あの鬼難しいって言われてる転入試験を楽々突破したってホント？」

好奇心も露《あら》わに群がって来るクラスメート達。アリサは内心少し辟易《へきえき》しながら、失礼になり過ぎない程度にそれらを適当にあしらっていた。

周囲の人間を見下してしまう自分が、誰かと親しくしてもお互いにいいことなどない。相手には不快な思いをさせてしまうだろうし、自分だってそんな自分に気付いて嫌な思いをする。

だから、アリサはここでも誰とも親しくなるつもりはなかった。

「あ、予鈴」

「あれ、もう？　仕方ない。またあとでね、九条さん」

「次の休み時間でもお話聞かせてね」

「ええ」

残念そうに自分達の席に戻っていくクラスメートを見送ってから、アリサは隣の席に視線を落とした。

「……、…………」

そこには、あれだけの騒ぎがあったにもかかわらず、全く気にした様子もなく机に突っ伏す一人の男子生徒の姿が。

そのあまりにも自由過ぎる姿に、アリサは少なからず好奇心を刺激された。気付けばその肩を軽く揺すり、そのクラスメートに対して、初めて自分から話しかけていた。

「あの……予鈴、鳴ったわよ？」

「ぅ……ンぁ？」

アリサの声にのそりと頭を上げたのは、締まりのない顔をした平凡な容姿の男子生徒。それが、久世政近だった。久世と九条。名字が近かったというただそれだけの理由で、隣の席になった男子。

政近はぼんやりとした表情でアリサの方を見ると、しぱしぱと目を瞬かせ、コテンと首を傾げた。

「あぁ～～……始業式であいさつしてた転入生？」

「ええ、アリサ・ミハイロヴナ・九条よ。よろしく」

「おぉ……俺は久世政近。よろしく」

それだけ言うと、政近は前に向き直ってググッと伸びをした。そして、何かに気付いた顔をすると、前の席の男子の背中をツンツンとつっついた。

「おぉ～光瑠《ひかる》。お前もいたのか」

「いたよ……ちなみに毅《たけし》もいるからね？」

「お、ホントだ。寝てたから気付かんかった」

それっきり、アリサのことなど気にせず歓談し始める政近を見て、アリサは軽く虚を衝《つ》かれた。

アリサは、自分が人一倍優れた容姿を持っていることを自覚している。

対人関係において美しさが武器の一つであることを理解しているアリサは、当然自分磨きにも余念がない。校則違反になるので化粧はしていないが、それでもそこら辺の芸能人に負けないだけの美しさを持っていると自負していた。

別に異性の気を惹《ひ》くことに興味はないが、自分の容姿、特にこの銀色の髪が人々の注目を集めることは分かっていた。

だからこそ、ほぼ唯一自分に興味を示さない政近が印象に残った。

しかし、政近のことを気にして見るようになり、アリサはすぐに気付いた。

政近は女子に対して興味がないわけでも、他人に興味がないわけでもない。ただ、全てに対してやる気がない男なのだと。

教科書を忘れる。授業中に居眠りをする。直前の休み時間になって大慌てで宿題を片付ける。体育の授業を目立たないようにして適当に流す。およそやる気というものが全く感じられない腑抜《ふぬ》けた態度。

(名門校とはいえ、どこにでもこういう生徒はいるのね)

それきり、アリサはこの隣人への興味を失った。それが変わったのは、九月の学園祭のことだった。

中学最後の学園祭。多くの中学生は受験で忙しい時期だが、この学園の生徒はほぼ全員がエスカレーター式に高等部に上がるだけなので、受験勉強はそこまで切羽詰まっていない。

　むしろ、最後にデカいことをやろうと、学園祭実行委員になった毅の発案もあって、クラスの出し物はお化け屋敷になった。

　だが、やる気に満ち溢《あふ》れていたのは最初だけだった。企画会議の段階ではみんなノリノリだったものの、実際の準備作業が始まると、その地味さと大変さにクラスのモチベーションはどんどん下がっていった。

　その雰囲気を察し、アリサは早々に自分が作業の大部分を引き受けることを覚悟した。

「痛っ！」

　放課後。クラスに一人残って、衣装作りをするアリサ。うっかり自分の指に針を刺してしまい、パッと手を離す。

　プクッと膨らむ血の玉を口に咥《くわ》えて消毒し、強く圧迫して止血。作りかけの衣装に血が付かないよう、絆創膏《ばんそうこう》を傷に貼り付ける。

　慣れない針仕事で指を怪我するのは、これが初めてではない。アリサの指に巻かれている絆創膏は、既に五枚目に達していた。

　しかし、ズキズキと痛みを放つ指に顔をしかめつつも、アリサは作業を続ける。

　この程度のことで挫《くじ》けてはいられない。自分が参加する以上、半端な出し物を出すことなどありえない。その一念で、再び衣装に向かい合う。

「あ、やっぱりまだ残ってたか」

と、その時。教室の戸がガラガラと開き、ホームルームが終わってすぐにどこかへと姿を消していた政近が入ってきた。

「久世君……どうしたの？」

「お疲れ。まあちょっとな」

言葉を濁しながら、政近はその手に持った数枚の書類をチラリと見下ろした。釣られてアリサもそれを見るが、なんの書類かは分からない。

「ま、九条さんも今日は帰りなよ。そこら辺の作業はまたみんなで明日からやればいいし」

肩を竦《すく》めながらそう言う政近に、アリサは少しイラッとした。

(そんな悠長なこと言ってたら間に合わないわよ……大体、みんながやろうとしないから私がやっているんじゃない)

その苛立《いらだ》ちをはっきりとした拒絶に変え、口調を強めて突き放す。

「気にしなくていいわ。もう少しやってから帰るから。お構いなく」

「……あぁ～まあ、うん」

政近は自分の席に座りながら少し視線を彷徨《さまよ》わせると、頭をガリガリと掻《か》いてから、なんのことはないような口調で言った。

「衣装作りに関しては、手芸部に協力してもらうよう話をつけたから、向こうに一任すればいいよ」

「え……？」

「あと、これ」

予想外の言葉に呆然《ぼうぜん》とするアリサに、政近は持っていた書類を差し出す。

「合宿所の使用許可だ。泊まりがけのイベントなら、モチベ下がってる奴らもやる気になるだろ」

「なっ……こんなの、どうやって……」

「ん〜まあ、生徒会の方にちょっとな。あと元副か……いや、元生徒会長に頼んで、その人脈でちょちょいと」

急に言いよどんだ政近にアリサが不審そうな目を向けるが、政近はその追及を避けるように話を続けた。

「うん……ま、そんなわけだ。手芸部には男手を貸すことで合意した。手芸部の女子に頼りがいのあるところを見せるチャンスだって言えば、一部の男子は喜んで引き受けるだろ。準備合宿については……まあ、ここからは毅の仕事か」

「え？」

「とにかく、今日はもう帰りなって。九条さん一人で頑張ったって仕方ないだろ？」

その政近の何気ない一言に、アリサの今までため込んでいた感情が激発した。

「仕方ないって……なに？」

慣れない針仕事に苦戦してストレスが溜まっていたところに、普段やる気がない人間だと心の中で見下していた相手に解決策を提示された挙句、自分の努力を否定された。

その事実が、アリサの心の防波堤を突き崩した。

気付けばアリサは、持っていた作り掛けの衣装をバンッと机の上に叩《たた》き付けていた。

そのままの勢いで立ち上がり、キッと政近を睨《にら》み付ける。

「私は……っ！　私が参加する以上、この出し物をいいものにしたい！　半端な形で当日を迎えるなんて、絶対にしたくない！　妥協なんて、絶対したくない!!」

アリサ自身、半ば以上八つ当たりだと自覚していながらも、言葉は止まらない。

「でも……そんなの、私の我《わ》が儘《まま》だって分かってる！　みんな、私のレベルで本気になってないって、分かってる！　だから、私がその分も努力してるの！　私、何か間違ったことしてる!?」

感情に任せて誰かに食って掛かる。それは、アリサにとって小学生以来のことだった。

普段から良くも悪くも感情を表に出さないアリサが見せた、剝《む》き出しの激情。

それに対し、政近は大きく目を見開き、しかしはっきりと言った。

「努力の方向性を間違ってるだろ」

「え──？」

予想外の真正面からの反論に、面食らうアリサ。そのアリサを真っ直ぐに見つめ、政近は静かに続ける。

「学園祭の出し物は一人で作るもんじゃない。みんなで力を合わせて作り上げるもんだろ？　いい出し物にしたいってんなら、どうせみんなやる気がないと諦《あきら》めるんじゃなく、みんなをいかにやる気にさせるかを考えるべきなんじゃないか？」

「……」

その、真っ直ぐな目に。反論のしようもない正論に。アリサは、思わず顔を背けたくなった。

しかし、そんなことはアリサのプライドが許さない。黙って負けてなるものかと、精一杯政近を睨み返す。が、アリサがそれ以上何かを言う前に、政近がフッと視線を逸《そ》らした。

「……でもまあ、あんな言い方されたらカチンとくるよな。悪かったよ。九条さんが頑張ってることは分かってるし、そこを否定する気はなかった」

「あ——」

軽く頭を下げられ、アリサはどうしたらいいのか分からなくなってしまう。

八つ当たりに謝罪で返され、振り上げた拳《こぶし》の行き場に迷う。

なにより、「九条さんが頑張ってることは分かってる」。その言葉が、妙に胸に迫って息が出来なくなってしまった。

「……帰るわ」

結局、アリサは絞り出すようにそれだけ言うと、鞄《かばん》を引っ掴《つか》んで足早に教室を出た。

（なんなの……？　なんなのよ、もう！）

いろんな感情が渦巻いて荒ぶる胸中を、必死に鎮めながら校内を進む。不満や後悔、その奥にある微かな喜びに、気付かない振りをして。

◇

――翌日。

「野郎共ぉ！　合宿じゃあぁぁ――!!」

学園祭に向けての打ち合わせは、テンションが上がりまくった毅の雄叫《おたけ》びで始まった。

なんのことか分からず困惑するクラスメート達に、毅が興奮した口調で、政近が合宿所の使用許可を手に入れたことを説明する。

「学園祭の準備を進めつつ、夜は校舎を利用したかくれんぼに肝試し！　各種レクリエーションを取りそろえた、オレらだけの前前前夜祭じゃあぁぁ――!!　うおぉぉぉぉ――――!!」

暴走している毅に、クラスメートは苦笑しながら「前前前どころか一週間前だぞ」とか「準備じゃなくて遊びがメインになってないか？」とか言いながらも、そのテンションに引っ張られたように乗り気な姿勢を見せる。

あれよあれよという間に当日のスケジュールが組まれ、会議が終わった時には誰もが楽しそうに当日のことについて話し合っていた。

それは、学園祭の出し物の企画をした時以上の盛り上がりだった。

そして、迎えた準備合宿当日。夜のレクリエーションに加え、女子の手料理という餌をぶら下げられた男子が異様な頑張りを見せ、作業は急ピッチで進んだ。

その士気の高さは合宿後も継続され、学園祭当日にはアリサの目標とした……いや、それ以上のクオリティーのお化け屋敷が完成していた。

果てには売上額が全ての出し物の中でトップになり、表彰までされるに至った。

「あ……」

「ああ、お疲れ。九条さん」

全てが終わった後の後夜祭。校庭で生徒達が輪になってフォークダンスを踊る中、それを横目に校舎に向かって歩いていたアリサは、玄関前の階段に座り込んでいる政近と遭遇した。

政近は膝《ひざ》の上で頬杖《ほおづえ》を突きながら、校庭の方を苦笑い気味に眺めていた。

アリサがその視線を辿《たど》ると、そこには片っ端から女子に声を掛けまくっているらしい毅と、対照的に女子から次々にダンスを申し込まれている光瑠の姿があった。

「はは、あいつらも大変だねぇ」

「……あなたは行かないの？」

完全に他人事の様子で笑う政近に問い掛けると、政近は片眉を上げて肩を竦めた。

「ん？　まあ踊る相手もいないしな……にしても、この学園はこういうところ昭和だよなぁ。今どき後夜祭でフォークダンスって……まあ、流石にキャンプファイヤーはないけどな」

「……隣、いいかしら？」

「ん？　ああ、いいけど……踊りはいいのか？　九条さんなら引く手数多《あまた》だろ？　あ、もしかしてフォークダンス踊れないとか？」

「失礼ね。これでも小さい頃はバレエをやってたのよ？　あの程度のダンスならすぐ踊れるわ。まあ、面倒だから踊れないってことにして誘いは断ったけど」

フンッと鼻を鳴らしながら髪を背後に払うと、アリサは政近の隣に腰を下ろした。

「それはまた……お疲れ」

「別に？　慣れているから大したことないわ」

「さいですか。流石は孤高のお姫様」

「なにそれ？」

怪訝《けげん》そうに眉をひそめるアリサに、政近は意外そうに言った。

「あれ？　知らない？　九条さん最近、他の生徒にそう呼ばれてるんだけど」

「……ふ〜ん」

「なんか、あんまり嬉《うれ》しそうじゃない？」

「そうね、あまり嬉しくはないかしら」

「なんで？　ぼっちをいじられてるから？」

「そっちじゃないわよ。あと、そのバカにした言い方はやめてくれる？」

「ごめん」

じろりと睨まれ、首を縮める政近。「怒られちった」と下唇を突き出しておどける政近に溜息《ためいき》を吐くと、アリサは言った。

「私が気に入らないのは、〝お姫様〟の方よ」

「なんで？　普通に誉め言葉じゃん」

「そう？　私には苦労知らずの夢の中の住人、みたいな意味で聞こえるわ」

「あぁ〜まあ、そういう見方もあるか？」

「たしかに私は、容姿も才能も、人並み以上のものを持って生まれたわ。でも、それに胡坐《あぐら》をかいたことなんて一度もない。私の今までの努力を、生まれがよかっただけみたいに言われるのは不快だわ」

「なるほど」

不快だときっぱり言い切ったアリサに、政近は納得を示す。

「じゃあまあ、俺はそんな風に呼ばないようにするよ」

「そう」

どうでもよさげにそう言ってから、アリサは正面に目を向けたまま静かに言った。

「……ありがとうね、久世君」

「ん？　なにが？」

「私……こんな楽しい気持ちで学園祭を終えたのは、初めてかもしれないわ」

クラスでの出し物というのは、いつもアリサにとって面倒なものだった。

いつだって自分が他のメンバーのカバーに回らなければならず、終わった時には達成感以上に疲労感が残った。

だが、今回は違った。クラスで協力して行う準備は、楽しかった。

みんなでやり遂げた達成感は、一人でやり抜いた達成感よりも大きく、今は疲労感の中にもある種の爽快感《そうかい》があった。

「たしかに、私が間違ってたわ。私一人でやろうとしていたら、こんな気持ちで学園祭を過ごすことは出来なかったと思うから……それと、ごめんなさい。あの時、八つ当たりして」

視線を逸らしながらもはっきりと謝罪するアリサに、政近は居心地悪そうに手を振る。

「気にすんなって。それに、俺は軽い手続きをしただけで、毅や九条さんみたいに人一倍働いてたわけじゃないし」

たしかに、実際にクラスメートを引っ張り、動かしたのは毅だ。だが、その毅を動かし、全てのお膳立《ぜんだ》てをしたのは政近だった。

それに、やる気なさそうにふらふらしているように見えて、その実クラスのみんなが作業しやすいよう環境を整え、都度フォローにも回っていた。

当の本人は大したことはしていないと言うが、アリサは政近こそが最大の功労者であることを知っていた。

「私が気にするのよ。八つ当たりしちゃったお詫《わ》びと……今回のお礼も兼ねて、何かしたいのだけど。何か希望はある？」

「お礼……お礼、ねぇ？」

「いらないとかいう答えはなしよ」

「うぅ～ん……」

先んじて逃げ道を塞《ふさ》いだアリサに、政近はしばし首をひねっていたが、突然脈絡のない質問をした。

「そう言やぁ、ロシアってなんか特殊な愛称で呼び合う習慣があったよな？　アリサってロシアではなんて愛称なんだ？」

「なに？　いきなり」

「アリーシャ？　いや、アリーシカ、アリーチカか？　なんかロシアの愛称ってその感じだったよな？」

「……アーリャよ。家族にはアーリャって呼ばれてるわ」

「そうか……なら、詫びと礼代わりに、アーリャ呼びする権利をもらおうか」

「なにそれ。それのどこがお礼なの？」

意味が分からないと眉根《まゆね》を寄せるアリサに、政近はフッとニヒルな笑みを浮かべた。

「みんなが憧《あこが》れるクラスのアイドルを、一人だけ愛称呼びする男。悦っ!!」

「バッカじゃないの？」

「ありがとうございますっ!!」

「キモっ」

突然アホなことを言い始めた政近に、アリサはドン引きした表情で吐き捨てる。そこへ、ずっと周囲でたむろしていた男子生徒の一人が声を掛けてきた。

「あ、あの、九条さん。よかったら僕と踊ってくれませんか？」

「あっ、お前抜け駆けすんな！　アリサさん、実はずっと気になってました。俺と踊ってください！」

「どさくさ紛れに告白してんじゃねぇか！　それだったら俺も――」

一人の男子が声を掛けてきたのを皮切りに、一気に五、六人の男子がアリサに群がった。

どうやら、そろそろラストダンスの時間とあって、勇気を振り絞ってきたらしい。

「ごめんなさい。私、踊れないから」

「大丈夫だって。俺ダンス上手いし、教えてあげるから」

「はあ？　俺の方が上手いし。なっ、俺の方がいいよな？」

「いやホント、音楽に合わせて体揺らしてるだけでいいんで！」

謝罪しつつもきっぱりと拒否したアリサだが、我こそはと意気込む男子達は全く引く様子を見せない。

じりじりと距離を詰めてくる男子達に、アリサがスッと目を細めて立ち上がる。

そして、容赦ない言葉で切って捨てようとした瞬間。

「あなた達――」

不意に、アリサの右手がグイッと真横に引っ張られた。

「悪い、先約だ。行こうぜ、アーリャ」

政近は男子達に聞かせるようにそう言うと、アリサの手を摑んだまま校庭の方へと歩き出した。

「ちょっ、と……！」

あまりの強引さに抗議の声を上げながらも、アリサは慌ててその後を付いていく。

本来なら無理にでも手を振りほどいてビンタの一つでも見舞うところだが、その時のアリサは自分でも意外なほどに大人しく政近の後を付いていった。

心臓がうるさい。先を行く政近の大きな背中から目が離せない。

考えてみれば、異性に強引に手を握られ、引っ張られるなんて経験自体が、アリサにとっては初めての経験だった。

(そう、これは初めてのことに、少し混乱しているだけだから。それ以上の意味なんて、何もないんだから!)

アリサがそう自分に言い聞かせたところで、政近が生徒の輪の間で立ち止まり、同時に最後の曲が流れ始めた。

「そうそう、さっき言ってたよな？　バレエをやってたから、フォークダンスなんて見れば出来るって」

「え……ええ、それが？」

必死に精神を立て直しながら聞き返すアリサに、政近は挑発するような笑みを浮かべた。

「それじゃあ、お手並み拝見といこうか？　お・ひ・め・さ・ま？」

おちょくるような言い方。先程の会話を踏まえると、その意図は明らかだった。

「……いい度胸じゃない。無様を晒《さら》さないよう、精々頑張って付いてくるのね」

「張り切り過ぎて、足を踏まないでくれよ？　アーリャちゃん？」

「……っ、上等！」

煽《あお》るような腹の立つ笑みを浮かべた政近に、眉を吊《つ》り上げて頰をひくつかせるアリサ。

本来想い人同士が踊るラストダンスに、およそ甘やかさなど欠片《かけら》もない雰囲気で挑む二人。最初こそ周囲と同じように踊っていたものの、徐々にアリサのステップがセオリーを外れていく。

その長い手足を優雅に広げながら、夜の校庭を軽やかに舞うアリサ。曲には合っているものの、それはもうフォークダンスと呼べる代物ではなくなっていた。

しかし、政近はそのパートナーの暴走にしっかりと動きを合わせていく。対等に付いていけてはいない。しかし、振り回されてもいない。

パートナーの邪魔をしないよう、それでいて暴走させ過ぎないよう上手《うま》く立ち回っている。二人の勝負は、主役と脇役をはっきりと演じ分けることによって、奇跡的にダンスとして成立していた。

(ああ、そう……あなたは、そうなのね)

そうしている内に、アリサの中でストンと納得出来たことがあった。このダンス、この立ち回りこそが政近なのだ。

自分は表に出ず、他の人を助ける。自分は陰に徹し、他の人を輝かせる。それが、政近という人間なのだ。

「ふふ……あはは！」

気付けば、アリサは笑っていた。勝負のつもりで始めたダンスを、アリサはいつしか心から楽しんでいた。

しかし、その時間は長く続かなかった。それから間もなく曲は終了し、ダンスは終わった。名残惜しさを感じつつも、政近と手を離すと一礼する。

「いやぁ、流石にやるなぁ。付いていくのがやっとだったわ」

「そうね、楽しかったわ」

アリサの素直な言葉に、政近は虚を衝《つ》かれた表情で目を瞬かせる。

「……んじゃ、まあ俺は一足先に戻るわ」

「あら？　エスコートはしてくれないの？」

「勘弁してくれ。んなことしたら嫉妬《しっと》に狂った男子共に殺されるわ」

「ふぅん、そう。それはいいことを聞いたわ」

首を縮める政近にアリサはニヤーっとした笑みを浮かべると、するりと政近の腕に自分の腕を絡ませた。

「ちょっ、なん――」

「それじゃ、エスコートお願いね？」

「……つまり、俺に死ねと？」

「私をお姫様って呼んだ罰よ」

「うげぇ……」

げっそりとした表情で、しかし腕を振りほどくことはなく歩き始める政近に、アリサはようやく一本取れたと上機嫌に笑った。

今更になって自分の行動に恥ずかしさが込み上げてくるが、今はそれ以上に気分が良かった。誰かと一緒に、肩を並べて歩いている。そのことがたまらなく嬉《うれ》しい。

校舎へと向かう、短い道のりの中。アリサは、小学生のあの頃からずっと感じていた、漠然とした孤独感と疎外感が、徐々に溶け消えていくのを感じていた……

……感じていた、のに。その翌日。

「おはよう。アーリャ、悪い。現国の教科書見せてくれないか？」

政近は、またやる気のない政近に戻っていた。

「……」

「お、おう、どうした？　アーリャ。なんかゴミでも見るような目になってるぞ？」

「このクズ」

「当たり強くない⁉」

「……ハァッ」

引き攣《つ》り笑いで悲鳴を上げる政近に、アリサはこれ見よがしに溜息《ためいき》を吐くと、プイっと顔を背けた。

そして、顔を背けたままズイっと現国の教科書を突き出すと、ロシア語で一言。

【昨日はかっこよかったのに】

そう、ボソッと呟《つぶや》いた。


それからも、政近は変わらなかった。

いつもいつもやる気がなくてアリサを呆《あき》れさせるくせに、いざという時は誰よりも頼りになる。なんでもないような顔で、さりげなく助けてくれる。

周囲の人間全てを競争相手として認識していたアリサにとって、政近のその振る舞いは奇妙に映ったが……同時に、安心もした。

この人とは競わなくていい。優劣を争わなくていいという事実が、アリサの心を軽くした。それ以来、アリサは政近相手にならず、一切気負うことなく接することが出来るようになった。

普段のやる気のなさがもどかしくて叱咤《しった》したり、いつも余裕な態度が悔しくてからかったり。まるで一段上から見守るようなスタンスが腹立たしくて、ロシア語で隙を見せて、気付かないその滑稽《こっけい》さを笑ったり。

そんな日々を過ごしている内に、いつしか……

◇

「好きになっちゃったのねぇ〜素敵！」

パチンと手を打ち合わせながら弾んだ声を上げるマリヤに、アリサは溜息を吐く。

「だから……違うって。話聞いてた？」

「ええ〜？　どう聞いても二人の馴《な》れ初《そ》めにしか聞こえなかったけど？」

「変な言い方しないで。さっき友達だって言ったでしょ？」

「うんうん、友達から恋人へ。王道よねぇ〜。わたしとさーくんもそうだったもの〜。ね〜？　さーくん」

その大変深い胸の谷間から金色のロケットを引っ張り出すと、中に入っている写真に向かって弛《ゆる》み切った表情で語り掛けるマリヤ。

これが漫画だったら頭からハートマークでも散っていそうな有様だ。完全に恋する乙女モードになってしまっている姉に、アリサは生ぬるい目を向ける。

「まあでも……そうね。能力に関しては……認めているし、信頼もしている、わ」

視線を逸《そ》らしながら不承不承といった感じで言うアリサに、マリヤは恋人の写真を眺めながら頷《うなず》く。

「うんうん、やる時はやる男の子ってかっこいいわよね。さーくんもそう。昔、犬に襲われたわたしを助けてくれた時のさーくんの後ろ姿！　あれは本当に――」

「のろけなら出て行ってくれる？」

「もうっ、アーリャちゃん冷たい！」

　ぷくっと頬を膨らませるマリヤに、アリサは冷たい目を向ける。

「それと、私は普段から努力家な人の方が好きだから」

「分かってないなぁ、アーリャちゃんは。普段はダウナーな彼が、ふとした瞬間に見せる男らしい一面！　それがいいんじゃな～い！」

「見解の相違ね。私、普段のやる気ない久世君には割と本気でイラッとしてるから」

　話している内にいろいろと思い出してしまったのか、アリサは語調を強めて続ける。

「ホント、しょっちゅう忘れ物するし授業中寝るし、しかも！　いくら注意しても全っ然悪びれないの！　いっつもへらへらしてのらりくらりと躱《かわ》して……まあ、だからこそ私も安心して好きなように言えるっていうのはあるけど……」

「うんうん。つまり、二人の間には確かな信頼関係があるってことよね？」

「どうしてそうなるのよ」

「何を言っても、久世くんなら決して離れて行かない。それが分かっているからこそ、アーリャちゃんは久世くんと気負うことなくお話が出来るっていうことでしょう？　そして、それを久世くんも許している。それって立派な信頼関係じゃない」

予想外の鋭い指摘に、アリサは一瞬言葉に詰まる。しかし、すぐに立ち直ると否定を返した。

「違うわ。久世君は誰が見ても注意されてしかるべき生徒だから、私も遠慮なく注意が出来るだけ。たしかに……ある意味、気が置けない相手であることは認めるわ。でも、それがすぐに恋愛感情に直結するわけじゃないでしょう？　大体、好きってあれでしょ？　その……デートしたいとか、キス、したいとか、そういうのでしょ？　私、そんなこと思ったことないもの……」

自分で言いながら恥ずかしそうに目を逸らすアリサに、マリヤが両手を合わせると、ふわふわとした笑みを浮かべる。

「アーリャちゃん、可愛い」

「なにそれ……バカにしてる？」

「そんなことないわよ？　あのね、アーリャちゃん。デートとかキスとか、そんな特別なことじゃなくていいの。好きな人なら、話し合ったり触れ合ったりするだけで特別な気持ちになるから」

得意げにその大きな胸を反らしながら、訳知り顔で語るマリヤ。その言葉に、アリサがピクッと眉《まゆ》を動かす。

「……具体的には？」

珍しく食いついてきたアリサに、いつものように適当に流されると思っていたマリヤは、少し驚いたように瞬《まばた》きをしてから遠くを見るような目をした。

「う～ん、そうねぇ……一番分かりやすいのだと、手をつなぐとか？　そこまでしなくても、手と手が触れ合うだけで好きな人相手ならドキドキするかなぁ。恥ずかしくって、わーって叫びたくなっちゃうんだけど、嫌じゃないの。なんだか幸せな気持ちで、それで──」

「……恥ずかしくって、叫びたくなる……」

話している内に盛り上がって来てしまったのか、一人乙女な表情でキャーキャー言いながら恋のなんたるかを語り、恋人の写真を眺めながらいやんいやんと頭を振るマリヤ。

その前で、アリサはじっと自分の脚を見下ろすと、おもむろにマリヤの前に右足を突き出した。

「？　なに？　どうしたの？　アーリャちゃん」

「ごめん。ちょっと、脱がせてくれる？」

「え？　どうして？」

突然の不可解なお願いに目をぱちくりさせるマリヤだったが、アリサの表情を見て何かを感じ取ったのか、じりじりとカーペットの上を移動すると、アリサの右足に手を掛けた。

「ん……」

マリヤの手が、アリサのニーソックスをスルスルと脱がしていく。それを、アリサはどこか険しい表情で見ていた。

「はい、脱がした、けど……左足も？」

怪訝《けげん》そうな表情でアリサの左足を視線で指し示すマリヤに、アリサは眉間《みけん》にしわを寄せながら言った。

「……ううん、もう一回穿《は》かせて」

「え？　どういうこと？」

「いいから」

「……は～い」

腑《ふ》に落ちない表情で、マリヤの手が一度脱がせたニーソックスを再び穿かせていく。それをじっと見ながら、アリサはますます表情を険しくしていった。

「はい、穿かせた。……けど？」

「……」

窺《うかが》うように、遠慮がちにアリサの顔を見上げるマリヤ。その視線を余所《よそ》に険しい表情で自分の脚を見下ろしていたアリサだったが、不意にふっと息を吐くと席を立った。

「……ダメ。やっぱりマーシャじゃ参考にならない」

「どういうこと⁉　なんだか分からないけどお姉ちゃんちょっと傷付いた！」

「はいはい、もういいでしょ？　着替えるから出てって」

「うぅ……アーリャちゃん、反抗期？　反抗期なの？　どうしよう、さーくん。アーリャちゃんが反抗期になっちゃった」

情けない表情で肩を落とすマリヤを部屋の外に追い出すと、アリサは再び自分の右脚に視線を落とし、そっと自らのふとももに指を這《は》わせた。

なんだか気恥ずかしくなって顔を上げると、そこには大きな姿見。そこに映るアリサは、うっすらと頬が赤くなっていた。

「む……」

そんな自分自身を否定するように、アリサは渋面を作る。そして、頭の中に浮かんだ一人の少年に向かって、険しい表情で呟いた。

【違うから】

ボソッと漏らされたロシア語は、誰に届くこともなく部屋の空気に溶けて消えた。

第5話 やめて！ 俺のために争わないで！

「お～っし、終わった～。行くぞ～光瑠《ひかる》」

「うん」

帰りのホームルームを終え、放課後特有の弛緩《しかん》した空気が漂う教室で、政近《まさちか》は荷物をまとめながら親友二人を見上げた。

「あれ？　毅《たけし》、今日は軽音部なのか？　野球部は？」

「今日は休み。この時期、活動日がちょっと変則的でなぁ」

「ふ～ん」

毅と光瑠は軽音部でバンドを組んでいるのだが、毅は野球部と兼部をしているのだ。

その理由というのが、「とりあえずスポーツと音楽やってれば女子にモテんじゃね？」という安直かつ下心満載な理由なのが、毅の毅たる所以《ゆえん》だが。

「政近はもう帰るの？」

「お～、まあやることもないしな～」

「政近も部活入りゃいいじゃん。時期的にはちょっと遅めだけど、まだ間に合うぜ？」

「めんどい」

「お前なぁ……部活で青春出来るのは、今この時だけなんだぜ？」

気だるげな政近に、毅は「ふ～やれやれ」と首を振ると、芝居がかった仕草で天を仰いだ。

「部活を通じて深まる友情！　泥臭い、汗と涙の努力の日々！　そして……その中で燃え上がる、青い恋心！」

「意見の食い違いから破綻《はたん》する友情。鉄臭い、血と涙の後悔の日々。そして……一部のエースに女子を独占され、燃え上がる黒い嫉妬《しっと》心」

「やめろぉ！　部活のドロドロした暗い部分ばっかり突きつけるんじゃねぇ！　うちの部活はそんなんじゃねぇわ！」

「友情なんてね……所詮《しょせん》、儚《はかな》いものなんだヨ？」

「ほらぁ！　光瑠が闇堕《お》ちしちまったじゃねーか！」

「ごめん光瑠。俺が悪かったから戻って来てくれ」

「恋ってね……人を傷つけることの方が圧倒的に多いんだヨ？」

不意に目からハイライトを消し、どす黒い影を背負い始めた光瑠を、政近と毅は必死にフォローする。

そうしてなんとか闇瑠《やみる》さんにお帰りいただいたところで、政近は二人と別れて靴箱に向かった。

「部活……ねぇ」

校庭に集まるサッカー部の部員達を眺めながら、気のない声で呟《つぶや》く。

生徒会で多忙を極めていた中学の頃と違って、今の政近には部活をやる余裕は十分にある。楽しそうに部活に励む友人達を見て、何も思うところがないわけではない。

だが、どうにも心が動かされない。やる気が出ない。めんどくさいという感想がどうしても前に出てくる。

政近にとって、何か新しいことを始めるというのは物凄《ものすご》く労力のいることだった。

「ま、そうやってズルズルと機を逸して、結局何もやらないで終わるんだろうけどな……」

自嘲《じちょう》気味に呟くも、胸の中にもやっとしたものが広がるだけ。奮起するだけの熱は生まれない。

「っと」

そこで、ポケットの中に入れていたスマホが振動した。

念のため周囲に教師がいないことを確認してから、政近はスマホを取り出し、画面に表示されているメッセージに目を落とした。

「……ハァ」

そして、小さく溜息《ためいき》を吐くと、くるりと踵《きびす》を返した。

◇

廊下を進み、メッセージで指示された部屋の扉をノックして開ける。すると、政近をここに呼んだ張本人である周防有希《すおうゆき》が、パッと政近の方を振り返った。

棚の前にしゃがみこんで備品の整理をしていた有希は、ニコッと花のような笑みを浮かべ、スカートを押さえながら立ち上がると……直後、甘ったるい声を上げながらパタパタと政近に駆け寄った。

「あ、政近くぅ～ん。こっちこっちぃ～」

いつものお嬢様然とした姿はどこへやら、妙に芝居がかった態度でかわいこぶる有希。他の生徒が見たら、「おひい様何か変なもの食ったか!?」と瞠目《どうもく》するだろう光景だが、政近は苦笑を浮かべながらもそれに乗っかった。

「ごめぇ～ん、待った？」

同じようにパタパタと駆け寄りながら、猫なで声を上げる政近。見た目美少女な有希はともかく、こちらは客観的に見て非常に気色悪い。

が、有希は気にした様子もなく小芝居を続ける。

「うん、待った待った〜」

「こらこら、そこは『ううん、今来たところ』だろ？」

「仲いいのね」

　室内に立ち並ぶ棚の向こうから聞こえてきた冷たい声に、政近はピシリと動きを止めた。表情を凍らせたままギギッと目だけそちらに向けると、そこには棚に積まれた備品の隙間から覗《のぞ》く青いジト目が。

「……いたのか、アーリャ」

「いたわよ。ごめんなさいね？　お邪魔しちゃって」

「いやぁ、ハハ……」

　刺々《とげとげ》しい口調で言うアリサに愛想笑いを向けながら、政近はギュリンッと有希に抗議の目を向ける。

　しかし、すっかりお嬢様然とした態度に戻った有希に楚々《そそ》とした笑みを浮かべたまま首を傾げられて、頬を引き攣《つ》らせた。

（このヤロウ……）

　そのすまし顔を小突いてやりたい衝動に駆られるも、アリサの前ではそうもいかず、政近は咳払《せきばら》いをして誤魔化す。

「えっと……で？　備品整理を手伝って欲しいんだったか？」

「はい。わたくしたち二人だけでは、手が足りなそうで……お願い出来ますか？」

「まあ、いいけど……外堀を埋められてる感じがするのは、あまりよくないけどな」

「気のせいですよ」

「どうだか」

軽口を叩《たた》きながら、政近は有希と共に奥へと向かう。

「アーリャも、よろしくな」

「……ええ」

棚の備品から目を離すことなく答えるアリサに苦笑しながら、政近は有希から備品のリストを受け取った。

「とりあえず、この辺りから始めていただけますか？」

「机にパイプ椅子。数量と破損がないかどうかの確認、ね。りょ～かい。……って、中学の頃も思ったけど、これって生徒会の仕事なのか……？」

「さあ……ですが、どんな備品がどこにどの程度あるのか把握しておくと、イベント時に便利ですよ？」

「まあ、そりゃそうだけどさ……これ、女子二人じゃ無理だろ……」

「一応、あとで会長が手伝ってくださる予定なのですが、なにぶん会長もお忙しいので」

「なるほど」

改めて現生徒会の人材不足を実感しつつ、政近は作業を開始した。

リストに書いてある通りの数量があるか確認し、クッションが破けていたり脚のキャップが外れたりしている椅子を脇に除《よ》けていく。

「流石、手慣れていらっしゃいますね」

「まあな」

有希の素直な称賛と、アリサのどこか感心したような視線を背に受けながらも、政近は自身の体力の低下を感じていた。

(あ〜くそ、もう腕痛くなってきた)

二人の手前そんな素振りは見せないが、生徒会で忙しくしていた二年前よりも確実に体力が落ちている。

積み重ねられているパイプ椅子の上げ下げを繰り返したせいで、腕と腰が痛い。

(あぁ〜だるいつらいめんどい。軽々しく引き受けるんじゃなかった。せめて有希の連絡がも〜少し早かったら毅辺りを巻き込めたのによぉぉ〜〜というか、会長が来るなら俺を呼ぶ必要なくね?)

心の中でなかなかにクズい発言をしながらも、その不満を活力に変換して物凄い速度で作業を進める政近。その背に、有希の声が掛けられた。

「政近君、少し手を貸していただけますか?」

「ん？」

　振り返ると、有希が棚の一番上の段に載っている段ボール箱を指差して、少し困った顔をしていた。有希は女子の中でも小柄な方なので、一番上の段に置かれている荷物を下ろすのは難しいのだろう。

（なるほど、力仕事と高所作業をさせるために呼んだのか）

　そう納得しながら、政近は有希の下へ向かうと、代わりにその段ボール箱を床に下ろした。

「ありがとうございます、政近君」

「ああ……ってなんだこれ？」

　わずかに開いた蓋《ふた》の隙間から妙にカラフルな箱が見え、気になって開けてみると中身は種々多様なテーブルゲームだった。

「人生ゲームにカードゲーム……なんだこれ？　なんでこんなものがあるんだ？」

「なんでも、数年前に廃部になったテーブルゲーム部という部の備品だったそうです。部の予算で買った物も多いため、学校側で引き取ったとか」

「は～ん、なるほど……って、これ貸し出してんのか？」

「はい。もっとも、ほとんどの生徒はこれらが貸し出し対象であることを知らないでしょうけれど」

「だろうな。そもそも何に使うんだ？」

「学園祭の出し物とか……部の打ち上げとか、でしょうか？　わたくしもこの前、新生徒会結成を記念した親睦《しんぼく》会で少し遊びましたし」

「ふぅ～ん、ちなみに誰が勝ったんだ？」

「え～っと、優勝は一応わたくし、でしょうか？」

「だろうな」

「それと二位が……」

「二人共、手を動かして」

「あ、ごめんなさい。アーリャさん」

「こりゃ失礼」

アリサの注意に首を縮め、二人はおしゃべりを切り上げて作業に戻る。政近も反省し、もう余計なことは考えずに作業に集中することにした。

しばし、室内に無言の時間が流れる。聞こえるのは備品を動かす音と、リストに何かを書き込む音だけ。その沈黙の中に、アリサのロシア語がぽつりと落ちた。

【私にもかまってよ】

政近の心にクリティカルヒット！　不意打ちだったため効果は抜群だ！

（ぬんぐぅぅぅ～～！　いや、これはチラ見せ！　アーリャのチラ露出が出ちゃっただけだから！　反応しちゃダメなやつだから！）

唇を噛《か》み締め、襲い来るムズムズに必死に耐える政近。そう、アリサはスリルを愉《たの》しんでいるだけ。気付かれないことを前提に恥ずかしい発言をして、愉しんでいるだけなのだ。つまり、これは本心ではないし、反応されたらかえって困るやつなのだ！

【かっま〜え、かっま〜え、かまえ〜】

圧が、すごい……っ!!

小声で歌うようにかまちょコールをするアリサに、政近は心の中で吐血した。もう本心じゃないとか言えない状況になっていた。

（というか、どういう気持ちで言ってんの!?　恥ずかしくないの!?）

内心絶叫する政近だったが、アリサだって恥ずかしくないわけがなかった。

（んんんん────っっ!?）

声に出さず悶絶《もんぜつ》するアリサ。棚の前にしゃがみこんで作業をしながらも、アリサはいろんな意味で内心ドッキドキだった。

伝わっていないと思いながらも、チラチラ背後を確認してしまう。

そして、変わらず作業を続ける政近の背中を見て安心する。

（ふ、ふ〜ん、気付いてな〜い。こんなに分かりやすくアピールしてるのに……ま、まったく、気が利かないわね）

背中を向け合って作業をしつつ、その実羞恥《しゅうち》でプルプルと体を震わせる二人。傍《はた》から見て非常に滑稽《こっけい》である。

【か〜ま〜えっ、か〜ま〜えっ】

（ふぐぅ！　い、いや、まだだ！　まだ俺じゃない可能性がある！　有希に構って欲しいと言っている可能性だって——）

そんな二人の様子に気付いたわけでもないだろうが、有希が入り口の方からアリサに声を掛けた。

「アーリャさん、どうかしましたか？」

ビクッとしながらも、すぐさま表情と声音を取り繕うアリサ。

「あぁ、ごめんなさい。少し歌を歌っただけ」【あなたじゃないのよ】

（——ないですよね！　知ってました！）

容赦のない三連コンボに、政近はもうノックアウト寸前だった。足腰がガクガク震え始めていた。

「へ、へぇ〜ロシアの歌？　なんて曲？」

政近の問い掛けに、アリサがパッと振り返る。どこか嬉《うれ》しそうに見えるのは、政近の気のせいか。真相は定かではないが、とりあえず政近の心には追加ダメージが入った。

「タイトル……」

「なんだよ、覚えてないのか？」

「ううん。えっと……〝届かない思い〟？」

「おう……」

なにやら恥ずかしそうに、上目づかいで告げられたその答えに、政近の心は無事死亡した。

◇

「これで、一通り終わりですね。お疲れ様でした。政近君、ありがとうございました」

「ありがとう、助かったわ」

「ああ」

約一時間後、心を無にした政近の目覚ましい働きもあり、予定よりも大幅に早く作業を終えた三人は備品置き場を出た。すると、そこに一人の大柄な男子生徒が近付いてきた。

「なんだ、もう終わったのか？」

「ああ、会長。お疲れ様です。はい、久世《くぜ》君にもご協力いただいたので、予定より早く終わりました」

「おお、お前が久世か。俺は生徒会長の剣崎《けんざき》だ。話は聞いているぞ？　ずいぶん優秀らしいな」

「はぁ、どうも」

会釈をしながら、政近は目の前の男を見上げる。自己紹介されるまでもなく、政近は彼のことを知っていた。

二年生の剣崎統也《とうや》。高等部現生徒会を率いるカリスマ生徒会長だ。

大きな男だ。身長が高いというのはもちろんのこと、肩幅がガッチリとしていて胸板が厚いため、近くで見ると実際よりも大きく見える。ぱっと見、特に美男子ではない。

むしろ結構な老け顔だ。その体格も相まって、とても高校二年生には見えない。

だが、綺麗《きれい》に整えられた眉《まゆ》やオシャレな眼鏡。

何よりその自信にあふれた表情が、彼に男としての魅力と貫禄《かんろく》を与えていた。

(なるほどな、こりゃたしかにすごいカリスマだ)

一見しただけで、頼りになる男だと感じさせられる。自然とこの人に付いていけば大丈夫だと思わされる。大袈裟《おおげさ》に言えば、王者の風格というやつだろうか。

超ハイスペックな美少女四人をたった一人で牽引《けんいん》するとはどんな男だと思っていたが、この男なら納得だ。政近は素直にそう思った。

「じゃあ、俺はこれで」

「まあ待て。手伝ってもらって何もせず帰すのも申し訳ない。時間も時間だ。よかったら飯くらいおごらせてくれ」

「いやぁお気持ちだけで……」

統也の申し出に尻込《しりご》みする政近。単純に初対面の先輩にご飯をおごられるのは遠慮したいという思いもあったが、同時に嫌な推測が頭に浮かんでいたのだ。

具体的には、有希の呼び出しの真の狙いは、もしかしたらこれだったのではないかと。

その推測を肯定するように、有希が口を開いた。

「よろしいではないですか。いずれにせよ、家に帰ったところでご飯はないのでしょう？」

「有希……」

「うん？　どうして周防が久世の台所事情を知っているんだ？」

統也とアリサから向けられる至極もっともな疑問の視線に、有希は澄ました笑みで答えた。

「幼馴染《おさななじ》みですから」

（いや、答えになってねーよ）

政近は……そして恐らく統也やアリサも内心でそうツッコむも、有希のアルカイックスマイルには、そんな無粋なツッコミを差し挟む余地を与えない迫力があった。

「そうか……まあ、そういうことならちょうどいい。周防と九条《くじょう》妹も一緒に来い。雑用を押し付けてしまった詫《わ》びだ。今日はおごってやる」

「ご馳走《ちそう》になります、会長」

「……分かりました。ありがとうございます」

「えぇ〜マジですか」

気付けば行く流れになっていた。正直あまり気は進まないながらも、頑《かたく》なに拒否する気にもなれず、政近は遠慮がちにそのあとを付いていく。

(これが生徒会長の剛腕さか……)

諦《あきら》めの境地でそんなことを考えていると、振り返った有希にニンマリとした笑みを向けられた。どうやら、本当にこれが狙いだったらしい。

(これが生徒会広報の策略か……)

内心嘆息すると、政近はなんとなく流れで、隣を歩くアリサに目を向けた。

「……なに？」

「いや、なんとなく」

「なにそれ。理由もないのに女性の顔をジロジロ見るのは普通に失礼よ」

「ごめん」

もっともな言い分だったので、政近は素直に反省して前を向いた。

(これが生徒会会計の塩対応か……)

アホなことを考えながら、内心遠い目をする政近。

【ドキドキするじゃない】

政近は遠い目をしたまま吐血した。口元にニマニマとした笑みを浮かべたアリサがチラッチラこちらを見ているのを感じるが、ちょっと反応するだけの余裕がない。既に政近のMP《メンタルポイント》はゼロだった。

再び無の境地になりながら、政近は玄関で靴を履き替えて外に出た。

すると、ほどなくしてサッカー部らしき集団と鉢合わせになった。

練習終わりらしい彼らは、政近たち四人を見て自然に横に避《よ》ける。

(いや、俺じゃなくて他の三人を見て、だな)

こうしてすれ違う間も、横からマジマジとした視線を感じる。一番視線を集めているのはやはりアリサか。

その次が有希で、その次が政近。ただし、政近に向けられている視線は「誰だこいつ？」という怪訝《けげん》そうな視線だった。

(ま、そうなるわな)

政近自身、場違いなことは自覚しているが、それでも多少居心地の悪さは感じる。

それに対して、アリサと有希は流石と言うべきか。政近以上に視線を集めているのに、全く動じた様子がない。気にしてすらいないように見える。

学園を出てもそれは変わらなかった。これでもかとばかりに通行人の視線を集める女子二人。しかし、政近以外の三人は慣れた様子で道を進むと、学園から歩いて十分ほどのところにあるファミレスに入った。

案内されたテーブル席。まず統也が一番奥に座り、政近はその正面だけは避けようと、女子二人に先に座るよう促した。のだが、

「政近君、どうぞ？」

「だってさ、アーリャ」

「なんで私に振るのよ」

何食わぬ笑みで有希に統也の正面を勧められ、政近は知らん顔でアリサにパスした。そして、数秒間の膠着《こうちゃく》状態。それを破ったのは統也だった。

「いいから座れ、久世。店員さんが困ってるぞ」

見ると、たしかにコップをお盆に載せた若い女性の店員さんが所在なげに立っていたので、政近は観念して統也の正面に座った。その隣にするりと有希が体を滑りこませ、アリサが統也の隣に座る。

「……今更ですけど、制服姿で寄り道するのって校則違反では？」

「気にするな。生徒会で遅くなって、外で飯食ってから帰ることなどままあるからな。事実上、空文化して久しい校則だ。いいから好きなものを注文しろ。千円以内だけどな」

「会長、最後の一言でかっこよさが半減しましたよ？」

「ふっ、男気では財布は満たされんのだよ、周防」

統也の茶目《ちゃめ》っ気のあるセリフに場の空気が和み、政近も肩の力を抜く。しかし、気を抜くのはまだ早かった。統也の言葉通りきっちり一人千円以内で注文を終えると、話題はすぐさま政近のことになったのだ。

「それにしても、よくあれだけの時間で終わったな。俺は明日まで持ち越すことも覚悟してたんだが」

統也がそう言うと、即座に有希が相槌《あいづち》を打った。

「政近君が頑張ってくださいましたから。やはり、男手があると違いますね。慣れている人なら尚更《なおさら》です」

「そうだろうなぁ」

「政近君はすごいんですよ？　力仕事も事務仕事も文句一つ言わずにこなしますし、交渉や折衝などもお手の物です」

「おい、有希。持ち上げ過ぎだ。過大評価にもほどがあるぞ」

「ほう、周防がそこまで言うとは珍しいな。どうだ久世、生徒会に入る気はないか？　ちょうど庶務が一人もいなくてなぁ」

やっぱりこうなったか。政近はじろっと隣の有希の顔を睨《にら》んでから、改めて統也に告げた。

「すいませんけど、俺はもう生徒会をやる気はないです。中学でもう懲りました」

「ふむ……たしかに高等部の生徒会業務は中等部に増して激務だが、その分やる価値はあるぞ？　うちの学校は他の学校と比べても生徒会に多くの裁量権が与えられているし、率直に言って内申にも大きく影響する」

統也の言葉は事実だ。征嶺学園《せいれいがくえん》生徒会に所属していたというのは、それだけで大きなステータスになる。

大学の推薦に有利なのはもちろんのこと、中でも制度上生徒会発足の中心となる会長と副会長の肩書きは、スクールカーストの枠を超越した絶対的エリートの称号であり、社会に出てからも大きな意味を持つ。

なにしろ、政財界の大物が数多く所属する、征嶺学園《せいれいがくえん》の元生徒会会長と副会長のみで構成される懇親会が存在するくらいなのだから。

一年間無事に生徒会を運営し、そこに入ることが出来れば、社会人としての成功は約束されたようなものだ。

逆に、下手な運営をして問題を起こせば〝無能〟のレッテルを貼られることになるが、それでもその座を狙う者は多い。そして次期会長副会長の座を目指す上で、一番の近道は生徒会役員として実績を積むことだった。

「残念ながら、そこまでの野心も向上心もないので。今のところ別の大学に行くつもりもないですし、お偉いさんとのパイプなんてものに特に魅力も感じないです」

だが、将来の目標もなくただ日々を漫然と過ごしている政近にとって、そんなものは特にメリットでもなんでもなかった。

「そう言わず、一緒に生徒会やりましょう。そして、また一緒に出馬しましょう？」

「サラッと要求増やしてんじゃねぇ。というか、俺がいなくてもお前ならほとんど次期会長当確だろ？　なんせ元中等部生徒会長だから」

「わたくしは、政近君と一緒に生徒会をやりたいんです」

「いやだ。めんどい」

学園の男子生徒なら、九割以上が思わず頷《うなず》いてしまうだろう有希のおねだりを、バッサリと切り捨てる政近。そんな二人を面白そうに見ながら、統也が顎《あご》を撫《な》でた。

「久世、言っておくが周防が当確というのは大きな間違いだぞ？　他にも候補者はいるし、何よりこの九条妹がいるからな」

そう言って、隣に座るアリサをチラリと見下ろす統也。釣られて政近がそちらを見ると、無言でじっとこちらを見るアリサと目が合った。

「アーリャ、次期生徒会長選に出馬するつもりなのか？」

「ええ、有希さんとは来年戦うことになるわね」

正面の有希に視線を向けるアリサ。その視線を、静かな笑みを浮かべながら迎える有希。

二人の背後にメラリと炎が立ち上るさまを、政近は幻視した。

その空気を変えるように、統也が今度はアリサに話を振る。

「そう言えば、九条妹は久世と教室で隣の席だったな。どうだ？　お前から見て久世は」

しかし、結果的にそれは火に油を注ぐ行為だった。

「どうだ、と言われても……正直に言って、〝不真面目〟の一言に尽きます」

「ほう？」

冷徹な表情で切って捨てたアリサに、統也が興味深そうな顔をする。

そのままチラリと政近の方に視線を向けるが、政近としては自覚があることなので肩を竦《すく》めるしかない。

むしろ、「いいぞ、その調子で有希が上げ過ぎた評価を下げてくれ」なんて風に考えていた。

「忘れ物はしょっちゅうですし、授業態度も決していいとは言えません。成績も下から数えた方が早いようですし」

「政近君は、モチベーションが低い時は最低限のことしかしませんからね。それでもきっちり赤点は回避しているのですけれど」

アリサの容赦のない評価に、有希がすかさずフォローを入れる。アリサの眉《まゆ》がピクリと動き、その背後に再び炎が出現した。

「……そうね、私は隣の席で採点しているから分かるけど、小テストでも必ず再テストは回避しているわね。そこは少し感心するわ。本気を出せばもっと高得点を取れるんじゃないかとも思うけど」

「政近君は元々地頭はすごくいいですからね。それほど苦労せずにこの征嶺《せいれい》に合格出来たくらいですし。あ、これはわたくしが幼馴染みだから知っているのですけれど」

「久世君って地頭だけじゃなくて運動神経もそれなりにいいはずなのに、球技はからっきしなのよね。この前もバスケの授業で突き指していたし」

「政近君、小さい頃から球技苦手ですものね。と言いましても、わたくしも人のことは言えませんけれども。ああ、政近君が体育で一番好きな授業は持久走でしたよね？」

メラメラメラメラ。

アリサの背後で幻の炎が燃え上がる。それに中《あ》てられたのか、政近は実際に熱いわけでもないのに額に汗を掻《か》き始めた。

正面から相対している有希が涼しい顔をしているのに、奇妙な話だ。

「お、おまたせしました〜」

そこへ、料理を運んで来た店員さんが遠慮がちに声を掛けた。

よりによって通路側に座る美少女二人が放つただならぬ雰囲気に、営業スマイルが引き攣《つ》っている。見れば、先程お盆を持って立ち尽くしていた店員さんだった。

可哀そうに、今日は彼女にとって厄日らしい。

「お、料理が来たな。とりあえず食事にするか」

統也の一言で、アリサと有希は睨み合いをやめ、場の空気が和らぐ。

政近の統也に対する尊敬度が上がった。ついでに店員さんの統也に対する好感度が上がった。ただし、統也は彼女持ちなので恋愛イベントに発展することは決してないのだが。

◇

ファミレスでの会食を終えて外に出ると、流石に周囲は暗くなっていた。

あの後、食事中はとりあえず和やかな会話が繰り広げられた。もっとも、ホストである統也が基本的に話をし、コミュ力の高い有希が適度に場を回す役で、政近とアリサはもっぱら聞き役だったため、場が変に荒れることがなかっただけだが。

その代わり、食事中も何回か政近には、統也と有希双方から生徒会への勧誘が行われたが、政近がそれに頷くことはなかった。

「「「ごちそうさまでした」」」

「おう」

会計を終えた統也がファミレスを出たところで、後輩三人が口々に礼を告げ、統也が鷹《おう》揚《よう》に頷く。そして、駐車場の方に移動しながら考え深げな顔をした。

「九条妹は歩きだったな。周防は電車だから俺と同じだが、久世はどう帰る？」

「あ、俺も歩きです」

「そうか。なら久世は九条妹を送ってやれ。俺は周防を送ろう」

「はい」

統也の言葉に素直に頷きながら、こういうことを自然と言える紳士っぷりに尊敬度を高める。そこで、有希が遠慮がちに手を上げた。

「あの、会長。お気遣いは大変ありがたいのですが、わたくしは車を呼んでおりますので大丈夫です」

「む、そうか？」

「ええ。車が来るまでここで待っておりますので、どうかお気になさらず」

「……そうか。ではまた来週にな」

そう告げて駅の方へと歩いて行く統也を見送り、政近はアリサと目を合わせた。

「それじゃあ、行くか？」

「別に、わざわざ送ってもらわなくても大丈夫よ」

「そういうわけにもいかんだろ。ほら、行くぞ。じゃあな、有希」

「ええ、また」

「また明日、有希さん」

「はい、アーリャさんも」

ぺこりと綺麗《きれい》に頭を下げる有希に見送られ、政近とアリサは統也が向かった方とは逆方向に向かって歩き出した。

「アーリャの家って歩いてどのくらいなんだ？」

「大体二十分くらいね」

「そうか、割と歩くんだな」

「久世君は？」

「俺？　十五分くらいかなぁ。歩くスピードを考えたら、距離的にはそこまで変わらないかもな」

「そう」

そして、沈黙。お互いになんとなく話題を見付けられないまま歩いていると、少し先にある焼き鳥屋の戸が開き、中からサラリーマンと思われる集団が通りに出て来た。

「まったく、開発の奴らは我々営業のことをなんだと思っとるんだぁ！」

「部長、飲み過ぎですよ」

「磯山《いそやま》さん、あんまり大声は、ね？」

赤ら顔で目の据《す》わった中年男性が大声でくだを巻いており、それを部下らしき数人の男達が宥《なだ》めている。

分かり易い酔っ払いに、政近はアリサを車道側に避《よ》けさせると、目を合わせないようにして通り過ぎようとした。

しかし、もう少しですれ違うというところで、部長と呼ばれた男の目が政近とアリサを捉《とら》えた。そして、何が気に入らなかったのか表情を不快気に歪《ゆが》めると、大声で喚《わめ》き始める。

「なんだぁ？　こんな時間に不純異性交遊かぁ？　まったく、最近の学生は遊んでばっかりだな！　学生の本分は勉強だろうがぇぇ～？」

「磯山さん！　マズいですって！」

「そのくらいに、そのくらいにしましょ、ね？」

「うるさぁい！　それに……なんだ、あれは？」

周囲の部下の制止も気にせず、男は政近の陰を歩くアリサの方をジロジロと見ると、フンッと鼻を鳴らした。

「ふざけた髪色だな。親の顔が見てみたいわ。どうせ同じようにチャラけた格好をしたどーしようもない親なんだろうがな！」

男が聞こえよがしに吐いた暴言に、アリサの足がピタリと止まった。

「おい、アーリャ」

アリサの怒気を察した政近が、面倒事は避けようと無視するよう促すが、アリサは足を止めたまま男の方をゾッとするほど冷たい目で見ると、普段政近に向けている小言とは比べ物にならないほどの侮蔑《ぶべつ》を込めて吐き捨てた。

「恥ずかしい大人」

その声は小さかったが、男とそれを宥める部下達の大声の中でも、不思議とはっきり響いた。あまりにも容赦のない言い様に、男達が一瞬呆気《あっけ》にとられたように動きを止める。

しかし、部長と呼ばれた男はすぐに憤怒《ふんぬ》の表情を浮かべると、我に返った部下の制止を振り切って、荒い足取りでアリサに詰め寄った。

それに対してアリサも向き直り、一歩も引かない姿勢を見せたが……その前に、政近がスッと体を割り込ませた。

そして、怒りを露《あら》わに近付いてくる男に向かって、場違いと思えるほど柔らかな笑みを浮かべた。

「磯山部長、お久しぶりです。兄の結婚式でごあいさつさせていただいて以来でしょうか？」

「あ、お、おお？」

突然の丁寧なあいさつに、男が虚を衝《つ》かれた様子で立ち止まる。予想外の事態に少し酔いも醒《さ》めたようで、表情に戸惑いを浮かべて政近の顔を眺める。

「お元気そうで何よりです。兄より我が社の大切なお取引先様だと言われておりましたので、よく覚えております」

「あ、ああ、うん」

頷《うなず》きながらも、男の顔には「え？　誰だ？」という困惑がはっきりと滲《にじ》んでいた。

しかし、政近の「取引先」という言い方に、その顔には徐々に焦りが浮かび始めた。

男の部下も、アリサも、状況が分からず困惑する中、政近は柔和な笑みを浮かべたまま続ける。

「それにしても……兄の結婚式でもずいぶんお酒を飲まれていたようですが、本当にお酒がお好きなんですね」

「ああ、うむ。私の楽しみと言えばこの週末の飲み会でね。ははは」

「そうなんですか。ああ、こちらは私のフィアンセです」

あまりにも予想を超えた展開に、目を丸くして政近を凝視するアリサの肩に手を置き、政近は誇らしげに笑った。

「とても優秀でして。私にはもったいない女性です」

「そう、かね。なるほど、たしかに利発そうな子だ」

未《いま》だに眉間《みけん》に困惑を滲ませたまま、張り付けたような笑顔で先程と真逆の評価をする男。

それに対して、政近は柔和な笑みはそのままに、目に冷たい光を宿して声のトーンを少し下げた。

「そうでしょう？　それに、母が外国の方でして。この髪は母親譲りなのですよ。どうです？　綺麗でしょう？」

「そ、そうなのか……」

アリサの明らかに海外の血が入っている顔立ちを間近に見て、男もその言葉が嘘ではないと悟ったのだろう。

すっかり酔いが醒めた様子で気まずそうな顔をすると、アリサに向かってわずかに頭を下げた。

「その……すまなかったね。酔っていたとはいえ、さっきは失礼なことを言った」

それを見て、政近は鋭い視線を引っ込めると、静かに言った。

「謝罪を受け入れます。お前も、いいな？」

「……」

肩越しにアリサに視線を向けるが、アリサは男を睨《にら》んだまま何も言わない。

それでも政近は納得したように頷くと、アリサの表情を隠すようにその肩に手を回し、歩くよう促した。

「それでは、私らはこれで」

そうして、アリサを伴ってその場を立ち去る。無言のまましばらく進み、男達の姿が見えなくなったところで、政近はアリサの肩から手を離して息を吐いた。

「まったく、無茶《むちゃ》するなぁ。酔っ払いにあんなこと言ったら、逆上するのは分かってただろ？」

「……両親を侮辱されたのよ。酔っ払いだからって、許せるわけないわ」

「だからって、無茶が過ぎるだろ。殴られたりしたらどうするんだ」

「これでも、多少護身術を習得しているもの。酔っ払いにやられるほど柔じゃないわ」

未だ怒りが収まらない様子で、上から無理矢理《むりやり》押さえつけたような平坦《へいたん》な声を出すアリサ。その気持ちも分かるだけに、政近も「どうしたもんか」と頭を掻《か》く。

「……まあ、あのおっさんも自分が悪かったたって認めたんだ。今回はそれで矛を収めろよ」

「……分かったわよ」

アリサはフーッと長く息を吐き出すと、言葉通りに平静な表情を取り戻した。

「それにしても、さっきの人知り合いなの？」

「いんや？　全然知らない人」

「……は？」

ポカンとした表情をするアリサに、政近は口元に半笑いを浮かべて言った。

「いやぁ、ビックリした。顔と顔を突き合わせててもオレオレ詐欺って成功するんだな」

「は、はぁ!?　え、じゃあ本当に全くの他人？　お兄さんの結婚式がどうこうっていうのは!?」

「俺に兄なんていませんけども？」

「な、なん……」

「いやぁまあ酔いが回ってたってのもあるんだろうけど、俺もまさかあそこまで上手《うま》くいくとは思わなかったよね。内心結構ドキドキだったわ。はっはっは、あ〜よかった」

空々しい笑い声を上げる政近に、アリサは頭が痛そうな表情をする。

「……なんで、そんなことを？」

「ん？　ま〜なんつ〜か、ずいぶんと頭にアルコールと血流が回ってたみたいだったからな。仕事の話を持ち出して、ちょっと冷静になってもらおうとしただけだ。あとはまあ……そうだな」

「なによ」

怪訝《けげん》そうにするアリサをチラリと見ると、政近は肩を竦《すく》めた。

「……俺も、あのおっさんの暴言には腹が立ってたからな。ちょっと脅かしてやりたかったんだよ。結果的に物騒なことにならず、謝罪を引き出せたんだから御の字だろ」

「はあ……よくもまあ咄嗟《とっさ》にあんな嘘八百を並べられたものね。あなた、詐欺師の才能があるんじゃない？」

「失敬な。この純粋無垢《むく》な政近さんを摑《つか》まえてなんたる言い草」

「……そうね」

「やめて。そんな虚無な目でスルーしないで。そっちの方がよっぽど心にクルから」

情けない顔をする政近をふんっと鼻で笑うと、アリサはさっさと先を歩き始める。それに早足で並んだところで、アリサが前を向いたまま小さく呟《つぶや》いた。

「……ありがとね」

「おう」

それに、政近も前を向いたまま応じる。それきり、二人の間に会話はなくなった。無言のまま歩き続け、やがてアリサがあるマンションの前で立ち止まった。

「ここか？」

「ええ、お見送りありがとう」

「おう」

エントランスの前で向かい合い、政近はガリガリと頭を掻いてから、最後に念押しした。

「ま、今日みたいなことはそうそうないとは思うけどよ。一人の時は本当に無視しろよ？何かあってからじゃ遅いんだから」

「なに？　心配してるの？」

「ああ、心配だよ。お前は人との関わり合いに関しては不器用なところがあるから」

茶化《ちゃか》すように笑うアリサに、政近は真っ直ぐな目で答える。

その真摯《しんし》な答えに、アリサは真顔でパチパチと瞬《まばた》きをすると、小さく「そう」と呟いた。

そして、くるりとエントランスの方へと振り返る。

「……分かったわ。少し、気を付けることにする」

「そうか。そうしてくれ」

「……」

そのまま数歩歩き、自動ドアの手前で立ち止まる。そして、振り返らずに政近に呼び掛けた。

「ねぇ、久世君」

「ん？」

「本当に、生徒会に入る気はないの？」

「おいおい、お前までなんだよ」

「答えて」

誤魔化しも茶化しも一切許さないその断固とした口調に、政近はおどけた笑みを引っ込める。そして、下手な希望を残さないよう、同じく断固とした口調で答えた。

「ああ、俺は生徒会に入る気はない」

「……もし——」

だが、アリサは引かない。その声に少しだけ切迫した響きを乗せながら、なおも言葉を続ける。

「もし、私が──」

だが、そこで言葉は途切れた。数秒の沈黙の後、アリサは「いえ」と言う。

「なんでもないわ。おやすみなさい」

「おう、おやすみ」

そして、そのままマンションへと入って行った。その背を見送ってから、政近も踵《きびす》を返した。夜空を見上げ、皮肉っぽく笑いながら独り言《ご》ちる。

「……俺なんかに、な～にを期待してるんですかね～？　アーリャも、有希も」

政近は、アリサが言おうとした内容を薄々察していた。察した上で、気付かない振りをした。

「俺には、何も出来ないよ」

そう自嘲《じちょう》気味に漏らすと、政近は妙に寒々しい気持ちで家路を辿《たど》った。

◇

「ただいま～」

アリサを送り届け、自宅のマンションに帰ってきた政近は、玄関に並んでいる靴を見て眉《まゆ》をひそめた。

このマンションには政近とその父親の二人しか住んでおらず、現在、外交官の父親は仕事で海外に行っている。

なのに、今その場には政近のものでも父親のものでもない靴が一足置かれていた。

(帰ったんじゃなかったのかよ……)

眉をひそめたまま、政近はリビングへ向かう。そして、リビングへと続く扉を開けると、そこには長袖《ながそで》シャツにスウェットのズボンと、非常にラフな格好で髪をポニーテールにした有希が、我が物顔で椅子に座ってテレビでアニメを観ていた。

「あ、おかえり~。ちゃんとアーリャさん送ってった?」

「いや、なんでいる?」

「え? だって今日こっちに泊まるし」

「いや、聞いてないし」

「言ってないし」

視線をテレビの方に向けたまま、悪びれた様子もなく言い放つ有希。

その姿も、態度も、学園で見せる完璧《かんぺき》なお嬢様然としたものとはまるでかけ離れており、初めて見る人なら他人の空似だと勘違いしてしまいそうな豹変《ひょうへん》ぶりだった。

と、そこで有希が観ていたアニメが終わり、ＣＭが流れ始めた。

それは、ある有名なダークファンタジーものの漫画を実写化した映画のＣＭだった。それを指差し、有希がおもむろに言う。

「あ、明日これ観に行くから」

「ふ〜ん」

「いや、オメーも行くんだよ」

「いや、だから聞いてねーし」

「だから言ってねーし」

全く悪びれた様子のない有希に溜息《ためいき》を吐き、政近はそのCMをチラリと見る。

「て言うか、お前こういう実写化映画って反対派じゃなかったっけ?」

「皆まで言うな!」

政近の何気ない一言に、有希は突然ビシッと手の平を突き付けて叫ぶと、早口で語り始めた。

「分かってる。キャスティングの時点で十中八九地雷だってことは分かってる! 正直PVもヤバイ雰囲気しか漂ってない! でも、実際に観もせずに叩《たた》くのは違うと思うの。もしかしたら地雷じゃないかもしれない。もしかしたらそこには埋蔵金が埋まってるかもしれない! 分かってる。あたしみたいなのがなんだかんだでお金を落とすから、出来の悪い実写化作品が絶えないんだって、分かってる。あたし、全部分かってるんだよ!?」

「いや、テンション。テンションどうした? 完全に知ってはいけない秘密を知ってしまったと告白するテンションじゃねーか」

「あたし、分かってる！　あたしとお兄ちゃんが、本当は血が繋《つな》がってないってこと。あたし、全部分かってるんだよ⁉　……って、なに言わせとんね～ん。うちらゴリゴリに血い繋がっとるやないか～い」

「ゴリゴリに血が繋がってるとかいうパワーワードよ」

「いや、だって……あるじゃん？　兄妹と思いきや、実は従兄妹《いとこ》でした～みたいな。その場合は一応血が繋がってると言えなくもないし？」

「あぁ～あるな。兄妹じゃなくて従兄妹だからセーフってやつな」

「あるある。ホンットなんにも分かってない」

「何が？」

首を傾げる政近に、有希はくわっと目を見開くと力強く叫んだ。

「バッカヤロウ‼　実の兄妹だからいいんじゃねーか‼」

「何がだよ⁉」

周防有希。学園ではただの幼馴染《おさななじ》みという設定で通しているが、その実政近のオタク友達であり……両親の離婚の際に母親に引き取られた、政近の実の妹である。

第6話　死相って初めて見ました

　じいちゃん家《ち》の近くにある公園。小学校からの帰り道、俺はいつものように駆け足でそこへ向かった。

　公園の入り口からぐるりと中を見回すと、いくつかの穴がポコポコと空いているドーム状の遊具の上に、彼女がちょこんと座っているのが見えた。

【お～い、――――！】

　彼女の名を呼びながら駆け寄ると、彼女もパッとこちらを振り向き、嬉《うれ》しそうに破顔してブンブンと手を振った。

【マサーチカ！】

【だから、俺はまさちかだって】

　いつものように苦笑を浮かべながら訂正するが、彼女は気にした様子もなく楽しそうに笑った。その笑顔を見ていると、俺も「まあいいか」という気分になってしまう。

【マサーチカも、上がっておいでよ！】

【えぇ〜？】

【早く早く！】

【仕方ないなぁ】

ドーム状の遊具には、側面にはしごが打ち込まれており、俺はランドセルをその場に置くと、小さな手足で一生懸命に登った。

【は〜い、とうちゃ〜く】

ドームの頂点まで登ると、彼女が笑いながら出迎えてくれた。夕陽を受けて輝く長い金色の髪。こちらに向けて嬉しそうに細められる青い瞳《ひとみ》を、今でも覚えている。

【見て見て！　すっごいキレイな夕陽！】

【ホントだ。キレイだね】

二人で並んで夕陽を眺めながら、俺達は他愛《たわい》もないおしゃべりを続けた。と言っても、ほとんどは俺が一方的に話していたと思う。

【それで、そのせいれい学園っていうのは、お母さんとお父さんの母校だったんだって。すっごく難しい学校なんだけど、俺の成績ならよゆ〜だってさ】

【すごいね。マサーチカって、本当に何でも出来るのね！】

【へへ、そんなことないさ】

男の子らしい自慢話にも、彼女は嫌な顔一つせず純粋な称賛を向けてくれた。彼女の笑顔が好きだった。

彼女に褒められると嬉しくて誇らしくて、どんな努力だって苦にならなかった。

勉強も、運動も、音楽も、彼女のためならいくらでも頑張れた。

【あ、もう帰らないと……】

日が沈んだら、そこでお別れ。それが俺達のルールだった。

【それじゃあ、また明日ね。マサーチカ】

【うん、また明日。——】

別れ際、彼女はぎゅっと俺を抱き締めると、軽くチークキスをしてくれる。

恥ずかしくて返すことが出来なかったけれど、本当はすごく嬉しかった。体を離した彼女が、嬉しそうに笑いながら——


「ドーン！」

「うぼぁっ!?」

突然、腹部から胸部に掛けて凄《すさ》まじい衝撃が走り、俺は強制的に覚醒《かくせい》した。

「ゴハッ！　がっ、かはっ」

「グッドモーーニ〜ン、マイブラザ〜」

「うぇ……たった今、お前のせいでグッドじゃなくなったわ！」

なんとか呼吸を整え、俺の上でニヤニヤ笑いを浮かべる有希《ゆき》を睨《にら》み付ける。すると、有希は片眉《かたまゆ》を上げて心外そうにした。

「おいおい、何を怒ってるんだい？　世の全男子高校生憧《あこが》れの、可愛い妹による寝起きボディープレスじゃねぇか。喜べよ」

「寝起きドッキリみたいに言うんじゃねぇ。ただのDVじゃねぇか」

「ただのDear Venus《愛しい女神》？　も〜お兄ちゃんってば、シ・ス・コ・ン♡」

「ドメスティックバイオレンスだよ！　どんな斜め上の解釈だ！」

「むぅ……何がそんなに気に入らない？」

「全部だよ。全部」

そう言うと、有希はむーっと眉間《みけん》にしわを寄せて何かを考えていたが、急に「ああ」という顔をしてパチンと指を鳴らした。

「あれだ。寝起きボディープレスじゃなくて、朝起きたら隣に潜り込んでて欲しい派だ」

「それ、リアルでやられたら割と恐怖だからな？」

「え？　じゃあ……まさかのベッドの下に潜り込んでて欲しい人？　マニアックぅ〜」

「それはただの恐怖だよ！」

「しょ〜がないなぁ。じゃあ今度はベッドの下に潜り込んでおいて、ベッドから下りた瞬間に足を摑《つか》んであげるね？」

「お前はどこを目指してるんだ……」

「寝起きホラー仕掛けてくる妹とか、めっちゃ新しくない？」

「新し過ぎて付いていけねぇよ……というか、いい加減どけや」

未《いま》だに俺の上に乗って脚をパタパタさせている有希にそう言うと、有希はニヤッとした笑みを浮かべて小首を傾げた。

「なんで？　反応しちゃうから？」

「死ね」

朝っぱらからド下ネタをぶっこんできた妹に至近距離から絶対零度の視線を突き刺すと、有希はケラケラと笑いながら俺の上からどき、部屋を出て行った。

「はぁ、まったく……」

そこでようやく体を起こし、ベッドに腰掛ける。

「……」

懐かしい、夢を見ていた。初恋の記憶。俺が、今までの人生で最も輝いていた頃の思い出。あの公園で彼女と出会い、たくさん遊んだ。彼女とおしゃべりがしたくて、本気でロシア語を学んだ。

両親が不仲でも、一人だけじいちゃん家に預けられてても、彼女がいたから寂しくなかった。

そうだ、俺はあの子に確かに恋をしていた。なのに……今となっては顔も名前もロクに思い出せない。

「……チッ」

やっぱり、俺はあの母親の息子だ。一時は本気で好きだったはずの相手を、簡単に忘れてしまえる薄情な人間なのだ。

胸の中に、じわじわと冷たいものが降り積もっていく。あの頃燃え盛っていた恋心とやる気は、その下に埋もれてもう見えなくなってしまっていた。

やる気を失ったきっかけはある。誰かのせいにすることは出来る。でも、どんな言い訳をして誰のせいにしようが、最終的にはただ単に自分が面倒くさがりで怠惰なクズだっていう結論に落ち着く。

努力に憧れ、努力を厭《いと》い、自分がクズだって自覚している分自覚のないクズよりマシだなんて、低レベルな自己満足で自分の心を慰めているクズ。それが俺だ。

「こんな奴が……生徒会に相応《ふさわ》しいわけがないだろ？」

ましてや、生徒会副会長など尚更《なおさら》だ。なまじ、有希のお願いを断れずにそのパートナーとなり、中等部生徒会副会長になってしまったからこそ分かる。あの地位は、なんの情熱も覚悟もなしになっていいものではない。

有希の当選が決まった時、講堂の裏で泣き腫《は》らす他の候補者の姿を見た。

両親の期待を裏切ってしまったと。どんな顔をして家に帰ればいいか分からないと。嗚咽《おえつ》交じりに友人達に漏らすその彼女は、一年次に同じ生徒会役員として活動していた仲間だった。

有希の前では気丈に振る舞い、互いの健闘を称《たた》え合った彼女のその姿は、俺に凄まじい衝撃と罪悪感を刻み込んだ。

肉親の期待を背負っていたのは有希だって同じだ。だが、俺は？　有希への家族愛と後ろめたさだけを理由に、副会長になってしまった俺は？　果たして俺に、彼女を蹴落《けお》とす権利があったのか？

それからの一年間、俺はその思いを払拭《ふっしょく》するために、全力で生徒会業務に取り組んだ。

それでも、俺の中の罪悪感が晴れることはいささかもなかった。

あんな思いは、もう二度と――

「ドカン！　オイコラ二度寝してんじゃ……あれ？　起きてた？」

「お前な……いい加減、ドアを蹴り開けるのやめろよ。お前が同じ場所蹴り続けるから、そこだけ少しへこんでるんだぞ？」

シリアスな空気をぶち破って部屋に入ってきた有希に、俺は無駄と知りつつ呆《あき》れ気味に言う。

実際、俺の部屋の扉はドアノブの下の方が少しへこんでおり、そこだけ周りよりもつるつるした質感になっていた。そこをチラリと見て、有希はなぜか満足そうに笑う。

「数年後には、キレイに貫通するんじゃないかと思ってる」

「雨垂れ石を穿《うが》つ式修行法やめろ。お前はどこの武道家だ」

「古今東西扉を蹴破ったヒロインは数おれど、数年掛けて扉を穿ったヒロインはあたしが初めてとなるだろう」

「そもそも、リアルで扉を蹴破る女がそうそういてたまるか」

実際、有希だって本当に扉を蹴ったただけで開けているわけではない。手でドアノブを回した上で、わざわざ足で蹴って開けているのだ。なんでそんなことをするのかは本当に謎だが。

「ほれほれ、とっとと起きろ〜可愛い妹が朝ご飯を作ってやったぞ〜？」

「分かった分かった」

促されてリビングに向かうと、そこには確かに朝食が用意されていた。が……

「……」

「？　どうした兄者」

「……これは？」

真ん中のお皿に盛られている、所々層になっている半固形状の卵料理を指して問い掛けると、有希は目をぱちくりさせて何食わぬ顔で答えた。

「え？　スクランブルエッグ」

「素直に卵焼きの成れの果てだって言えよ」

「……お兄ちゃんが何を言ってるのか分からないよ」

分かりやすく顔を背ける有希の後頭部に、ジト目を突き刺す。

ちなみに、味自体はマズくはなかった。ケチャップを掛けたら、なんか和洋がごっちゃになった何とも言えない味になったけどな。

◇

予定通り映画を観た政近《まさちか》と有希は、出口に向かう人の波に乗って映画館を出た。大型商業施設の最上階にあった映画館を出ると、そのまま階下へと繋《つな》がるエスカレーターに乗る。

「ンン～～……っ」

そこで有希はググッと伸びをすると、ふっと力を抜きながら言った。

「いやぁ……派手に爆発したね！」

「はっきり言うなぁオイ」

「予想以上の地雷だったわ～。やっぱり、キラキラしいアイドルがダークな世界観のファンタジーやるのは無理があるよね～最後の最後までコスプレ感がすごかった。内容自体も、見栄えする戦闘シーンだけに時間割いてそこに至る部分は滅茶苦茶《めちゃくちゃ》ざっくりしてたし。あれは原作未読勢を置き去りにしてるわ～」

「まあな。でも、アクション自体はかなり凝ってたし、そこは見応《みごた》えあったけどな」

明るい笑顔のまま厳しい評価を下す有希に苦笑しながら、政近は相槌《あいづち》を打つ。昼食の時間にはまだ少し早いので、商業施設内を適当に散策しながら映画の感想を話し合う。

「あ、この服可愛い。夏用の新しいワンピースが欲しかったんだよね～。でも、この後アニメイドで散財する予定だからなぁ……」

「いや、一万五千円って……高《た》っか！」

「お兄ちゃんも、もうちょっとおしゃれしなよ～お金あるんでしょ？」

「俺はお前ほどおこづかいもらってねーよ」

「その分出るのだって少ないでしょ。あたしと違ってオタ活にお金使ってないんだから」

有希の言葉はその通りだ。実際、政近は有希と違ってグッズ集めをしないが、自分で漫画やライトノベルを購入したこともほとんどない。

というのも、周防《すおう》家ではガチオタであることを隠している有希は、購入した数々のオタグッズを全て久世《くぜ》宅に持ち込んでいるからだ。

政近は興味がある漫画やラノベはそこから借りて読んでいるので、自分で買う必要がないのだ。

そもそも、政近がオタク化したこと自体、有希の熱心な布教によるものだったりする。

「その服、去年も着てたじゃん。そろそろ新しいの買いなよ」

「いや、それを言うならお前の今日の服は俺のお古だろうが」

今日の有希は、長袖《ながそで》のインナーに大きめのシャツを着てジーンズを穿《は》いた、なかなかにボーイッシュな格好をしている。

そして、実際そのシャツとジーンズは政近のお古だったりした。

「これはこれでオシャレだからいいんだよ。ジーンズは穿けば穿くほど味が出てくるし」

「ああそう……ところで妹よ」

「なんだい、お兄ちゃん様よ」

「……さっきから、視界の端にチラチラ銀色の何かが見えるのは気のせいか？」

「気のせいじゃないと思うぜマイブラザー」

「だよな。お前いつの間にかポニーテール解いてるし。所作がお嬢様モードになってるし」

政近の言葉通り、ポニーテールに結われていた有希の髪は解かれ、口調こそ素のままだが、所作は学園で見せるお上品なものになっていた。

「フッ、兄者が気付く前に、オレはとっくに気付いていたぜ？」

「マジか。いつから？」

「この階に下りて来てから割とすぐ」

「そんな前からかよ……よく気付いたな？」

「フッ……オレは知人の視線をすぐに感知できる、超感覚《ハイパーセンス》を持っているのさ……」

「マジかよ……自分で言ってて恥ずかしくない？」

「フッ……めっちゃ恥ずい」

「キリッとした顔で言うなキリッとした顔で」

　こうして兄妹でコントをしている間にも、斜め後ろからすごい視線を感じる。店頭に張られているガラスを注視すると、そこには柱の陰に半身を隠す、見覚えがあり過ぎる銀髪の少女がくっきり映っていた。

　しかも、気のせいでなければその背後にゴゴゴゴゴ……という効果音が付いていた。

（さて、どうすっかねぇ）

　こちらから声を掛けていいのか、それとも向こうから声を掛けてくるまで待つべきなのか。はたまたどっかで撒《ま》いてしまうか。どうするのが正解なのか、思案する政近の隣で。

「あら、アーリャさん？」

　有希がおもむろに振り返ると、さも今気付いたと言わんばかりの声を出した。

（妹ぉぉぉぉ────!!）

　まさかの正面突破に、政近は内心絶叫する。が、既に賽《さい》は投げられた。観念して振り返ると、驚いたような表情を取り繕った。

「あれ？　アーリャじゃん。偶然だな」

　政近自身、それほど上手《うま》く演技が出来た自信がなかったが、アリサの方はそれどころじゃなかった。

　手に持っていたスマホを意味もなくいじり、視線をあっちこっちに彷徨《さまよ》わせながらこちらに近付いてくると、動揺が治まり切っていない様子で口を開いた。

「ええ、偶然ね。その……ちょっと前から気付いてたのだけど、声を掛けるタイミングが見付からなくて……」

　兄妹二人、「ちょっとじゃないだろ……」と内心でハモったが、表には出さない。

　それでも政近は視線が生ぬるくなってしまうのを止められなかったが、すっかりお嬢様モードになった有希は何食わぬ顔で「そうですか」と頷《うなず》いた。

「アーリャさんは、こちらにはどういった御用で？」

「ええ……少し服を買いに」

「そうですか。お昼はもう済まされました？」

「いいえ、まだだけど」

「では、せっかくですのでお昼をご一緒しませんか？　ちょうど――」

「ちょっと待て」

　流石に放置できず、政近は有希の言葉を遮った。そして、澄ました顔の有希に向かって顔をしかめて問い掛ける。

「お前、まさかあの店にアーリャを連れて行く気か？」

「ダメ、でしょうか？　政近君も楽しみにしていらっしゃいましたよね？」

「いやダメだろ。アーリャが一緒なら別の店にすべきだ」

「なに？　何が問題なの？」

自分を無視してよく分からない会話をする二人に、アリサが割り込みを掛ける。

「アーリャさん、辛いものはお嫌いですか？」

「辛いもの？　いえ、嫌いではないけど……」

「これから行くお店は、辛いラーメンを出すお店なんです。もしアーリャさんが辛いものが苦手でなければ――」

「ふわっとした言い方すんな。アーリャ、はっきり言う。ただ辛いだけじゃない、激辛ラーメンの店だ。俺も行ったことはないが、たぶん激辛好きじゃないと楽しめない店だ。だから――」

「行くわ」

なんとか説得しようとする政近の言葉を遮り、アリサがはっきりと言った。

その真っ直ぐな表情に「もう駄目だろうなぁ」と思いつつ、なおも政近は言葉を尽くす。

「正直、やめておいた方がいいと思うぞ？　他にもお店はあるし、そっちでも……」

「楽しみにしてたんでしょ？　だったら行くわよ。予定を変えさせるのも申し訳ないし」

「いや、無理に付いてこなくても……」

「あら？　私がいたら邪魔？」

「そういうわけじゃ……お前って、辛いもの得意だったっけ？」

「別に苦手ではないわ」

内心「本当かぁ～～？」と思いながらも、政近は嘘だと言い切ることも出来なかった。

政近の見立てでは、アリサはかなりの甘党だ。本人に聞いたわけではないが、今までの言動の端々からその片鱗《へんりん》が覗《のぞ》いていた。

では、辛いものが苦手かと問われると、分からない。そもそもアリサが辛いものを食べているところを見た記憶がない。

（まあ、本人がいいって言ってるんだし、辛さ抑えめのメニューもあるかもしれないしな……）

そう思い直すと、政近は一抹の不安を抱えながらも店に向かった。

◇

「……ここ？」

「はい」

大型商業施設の外、少し歩いた細い通り沿いにある一軒のラーメン屋さんを見上げて、アリサが表情を引き攣《つ》らせる。

政近は内心「さもありなん」と頷くが、一方で有希は実にいい笑顔だった。

「店名が〝地獄の釜《かま》〟って……これ、ラーメン屋さんなのよね？」

「はい、そうですよ？」

「名前に地獄って入ってるんだけど……？」

「安心してください。メニュー名にも入ってますから」

「……そう」

どう考えても安心できる要素ではないのだが、衝撃が強すぎて少し麻痺《まひ》しているのか、アリサは口元を引き攣らせたままこくんと頷く。

「……やっぱり、やめとくか？」

しかし、政近が気遣いを向けると、アリサは一瞬で覚悟を決めた表情になり、キッと政近を睨《にら》んだ。

「そんなわけないでしょ。ユニークなお店だなって、ちょっと驚いただけよ」

「あぁそ……」

完全に負けず嫌いな部分が出てしまっているアリサに、政近は「これは何を言ってもダメだ」と諦《あきら》めると、有希に続いて店に入った。

「らっしゃいぁせー！」

途端、店員の威勢のいい声と共に、強烈な刺激臭が目と鼻を直撃した。政近の背後で、

「う⁉」という声が微《かす》かに上がる。

「何名様ですか～？」

「三名です」

「は～い、こちらのカウンターへどうぞ～」

店員に案内され、そのままの並び順で席に着く。

政近が右隣のアリサをチラリと見下ろすと、アリサが微妙に涙目で鼻を押さえていた。

激辛店巡りが趣味の政近と有希は慣れているが、恐らく初心者であろうアリサには、この刺激臭がつらかったらしい。

「……大丈夫か？」

「なにが？」

押し殺したような声で、分かりやすく強がるアリサ。グッと目をつぶって涙を引っ込めると、平静を装ってメニューに手を伸ばし……開いたところで固まった。

「……ねぇ」

「ん？」

「メニューを見ても、何が何だか分からないんだけど？」

「……っすね」

固まるアリサに、微妙な表情で頷く政近。しかし無理もない。

なぜなら、そこには〝血の池地獄〟やら〝針山地獄〟やら、およそ料理名とは思えない物騒な名前が並んでいたからだ。

そこへ、ヘアゴムで髪を首元で束ねた有希が、訳知り顔で解説を入れる。

「〝血の池地獄〟はその名の通り血のような真っ赤なスープが特徴のラーメンで、辛さは一番控えめです。その次が〝針山地獄〟ですね。これもまた名前の通り、舌を無数の針で刺されるような辛さだそうです」

「そ、そう……それじゃあ」

有希の解説に頬を引き攣らせつつ、アリサはメニューの一番下におどろおどろしい書体で書かれている料理名に目を遣《や》る。

「この、〝無間地獄〟っていうのは？」

おそるおそる尋ねるアリサに、有希はよくぞ聞いてくれましたと実にいい笑みを浮かべる。

「一周回って、何も感じなくなる辛さだそうです！」

「それ、神経死んでない？」

ようやくマジでヤバイ店だと理解し、表情に焦りを浮かべるアリサの隣で、政近も改めてメニューを確認して、辛さ抑えめの無難な料理など存在しないと気付いて瞑目《めいもく》した。

「……じゃあ、俺は〝血の池地獄〟にしようかな。初めての店は、とりあえずスタンダードなものを頼むのが定石だし」

「そ、うね。基本は大事よね」

「あら？　お二人共同じものを頼まれるのですか？　では、わたくしも同じものにしましょうか」

せめてもと政近が助け船を出すと、アリサもすかさずそれに乗っかった。そこに有希も便乗し、結局三人で同じメニューを注文する。

「それにしても、今日の有希さんはずいぶんとボーイッシュな服装ね。少し驚いたわ」

「ふふふ、休日ですからね。少し気分を変えてみたんです」

「そう。たしかにかなり雰囲気が変わったけれど、とてもよく似合っていると思うわ」

「ありがとうございます。アーリャさんの私服もとてもよくお似合いです。プロのモデルかと思いました」

「そう？　ありがとう」

自分を挟んで行われる女の子らしい会話に微笑ましさと居心地の悪さを感じつつ、政近は周囲の男達から向けられる視線に冷や汗を流していた。

特に、アルバイトらしい同年代くらいに見える男性店員の視線がヤバイ。完全に敵を見る目で見られている。しかし、実情はともかく傍《はた》から見たら両手に花状態であることは確かなので、何も言えない。

それも、ただの花じゃない。二人共〝絶世〟と付けられても頷けるレベルの美少女だ。

こんな二人を連れてる平凡顔の男がいたら、政近だって注目する。

そんで「え？　ラブコメ主人公？　ハーレムもののラブコメ主人公なのか⁉」とワクワクする。オタクの性《さが》である。

(まあ実際、二人で俺を取り合っているわけでもないし、この光景見れば仲のいい女友達二人と荷物持ちだって察するよな)

政近の考え通り、真ん中の男を余所《よそ》に会話を弾ませる美少女二人を見て、「ああ、男はおまけか」と納得したらしく、店内からの好奇の視線が薄れた。

嫉妬《しっと》と憎悪を込めて政近を睨んでいたアルバイト店員も、視線を和らげて仕事に戻った
……その瞬間、有希が爆弾を放り込んだ。

「実はこのシャツとジーンズ、政近君のお下がりなんです」

アリサの笑みがピシリと固まり、店内の空気も固まった。

(妹ぅぅぉぉぉぉ────!!)

店内中の好奇の視線が再集中する。アルバイト店員君が、信じられないものを見るよう

な目で政近と有希を交互に見る。

「……お下がり？」

「ええ、家では淑女として相応《ふさわ》しい服装をするよう言い付けられておりますので……でも、こういったボーイッシュな服装もしてみたくて、政近君にお願いしたんです」

「へぇ……そう」

口元に浮かべていた微笑を不吉な薄ら笑いに変えながら、アリサは炯々《けいけい》とした眼差《まなざ》しで政近を貫く。

「幼馴染《おさななじ》みっていうのは、ずいぶんと距離が近いものなのね。久世君に、女の子に自分の服を着させる趣味があるとは思わなかったわ」

「いや、趣味じゃないし」

「そうですよ。趣味じゃなくてフェチです」

「お前は黙れ」

これ以上余計なことを言うんじゃねぇと睨む政近に、有希は不思議そうな顔をする。

「あら？　ですが、わたくしが以前彼シャツをした際には、ずいぶん嬉《うれ》しそうにしていらっしゃった記憶が……」

「そんな事実はねぇ！」

罪のない表情で爆弾を追加投入する有希。

ざわつく店内。ちなみに政近の言う〝事実〟とは政近が嬉しそうにしていたという部分で、彼シャツをしたという部分については事実だったりする。

有希は時折、思い立ったように着替えも持たずに久世宅を訪れることがあるので、そういう時は政近の着古したワイシャツをパジャマ代わりにしているのだ。

初めてそれをした際に「彼シャツだ、彼シャツだ」とはしゃいでいたのは有希の方で、政近はそんな有希を呆《あき》れた目で見ていたのだが、そんな事情は他人の知るところではない。

「……枯れシャツ？」

しかし幸いにして、サブカルに疎いアリサは〝彼シャツ〟というもの自体が分からなかったらしい。

知らないなら教えてあげましょうと、天使のような笑顔で悪魔の囁《ささや》きをしようとする有希。それをすかさず政近が止めようとし、それよりも早くアルバイト店員君が親の仇《かたき》を見るような目で政近を睨みながらラーメンを運んで来た。

「お待たせしました〜血の池地獄三つ〜」

届いたラーメンに視線を落とし、アリサが「うっ！」と身をのけ反らせる。

名前を裏切らない赤黒いスープに満たされた見た目のインパクトに加え、立ち上る湯気が粘膜を刺激したらしい。

この時点で軽くむせそうになっているアリサを余所に、激辛好きの兄妹二人は口元に笑みすら浮かべながら箸《はし》を手に取る。

「では、伸びない内にいただきましょうか」

「ああ」

「そ、そうね」

三人でいただきますと唱和し、政近と有希は躊躇《ためら》いなく、アリサはおそるおそる麺《めん》をすくった。

「んん！　おいしいですね！」

「ああ、評判になるだけはあるな」

一口すすり、満足そうに笑う兄妹。さて、アリサはどうかと政近が横目で様子を窺《うかが》うと
……

「……」

そこには全身を強張《こわば》らせ、目を見開いたまま、瞬《まばた》きもせずに咀嚼《そしやく》を続けるアリサがいた。

机の上に置かれた左手は尋常じゃない強さで握り締められ、拳《こぶし》がブルブルと震えている。

「……アーリャ、大丈夫か？」

「……っ、ええ、おいしい、わ」

口の中のものを飲み込むと、そこでようやく瞬きを再開しながら澄ました表情を浮かべるアリサ。

この期に及んで強がる彼女に、呆れと同時に感心すら覚えながら、政近はとりあえず紙ナプキンを差し出した。

「一口食べるごとに、紙ナプキンで唇を拭《ふ》いた方がいいぞ？　辛さで唇が腫《は》れるからな」

「……ありがとう」

アリサが素直に唇を拭くのを見届けてから、政近は再びラーメンに取り掛かった。

麺をすする度に、口の中を強烈な唐辛子の辛さが埋め尽くす。

ぶわっと汗が噴き出そうな辛さ。しかし、その辛さが具材の旨《うま》みを引き出し、もっともっと欲しくなる。

もっと、この赤い海の深淵《しんえん》を覗《のぞ》いてみたくなる（※あくまで個人の感想です）。

「うん、ウマイ」

満足気に息を吐く政近。その政近の耳に……

【いたいよぉ】

……隣から、なんとも哀れっぽい泣き言が聞こえてきた。チラリと見てみると、そこには完全に箸が止まっているアリサ。

なんとか表情は平静を保っているが、どうにもこれ以上箸が伸びないらしい。

と、そこで政近の視線に気付いたアリサが、その視線に押されたかのようにどんぶりに箸を伸ばした。

「いや、アーリャ。マジでムリしなくていいぞ？」

「なにが？　おいしいって言ってるじゃない」

痛いって言ってるじゃない、ロシア語で。

「いや……まあ、うん。そうか」

大丈夫かなぁと思いながらも、こうなったアリサが止めても無駄なことは分かっているので、政近はもう気にしないことにした。

水を飲んで小休止を挟み、再び赤い海の深淵へと臨むべく、箸を──

【もうやだ……】

集中、出来ない!!

隣から聞こえてくる声があまりにも弱々しく、哀愁を誘う。

それでも気にしないようにして食事を進める。が……

【おかあさん……】

とうとう幻の母親にすがりだしたところで、耐え切れずにアリサの方を見た。

（あ、ダメだこれ。瞳孔《どうこう》開いてる）

驚いたことに、この期に及んでアリサの表情は変わっていなかった。ただ……その、うっすら死相が出ていた。

これはもうダメだ。本人がギブアップするまで好きにやらせようと思っていたが、これ

はもう止めざるを得ない。ドクターストップだ。

「ア――」

政近が、アリサを止めようとしたその時。機先を制するように、反対側から有希が声を掛けた。

「アーリャさん、どうですか？」

次期生徒会長の座を争うライバルの声に、完全に飛んでいたアリサの目の焦点が合う。有希への対抗心で闘志を奮い立たせ、アリサは生気を取り戻すと、なんと口元に笑みすら浮かべてみせた。

「ええ、おいしいわ」

「それはよかったです。アーリャさんも激辛好きだったんですね」

どこか鬼気迫る壮絶な笑みを浮かべたアリサに、有希は無邪気な笑みを浮かべる。そして、無邪気な笑みを浮かべたまま、アリサの方に小壺《こつぼ》を差し出した。

「このお店、この〝鬼の涙〟で辛さを追加出来るみたいなんです。アーリャさんもよかったらどうぞ？」

有希、まさかの追い打ちである。アリサの口の端が引き攣《つ》る。

ちなみにこの〝鬼の涙〟という調味料。正式名称を〝鬼の目にも涙〟と言い、その名の通り鬼が泣き出すほどに辛い、この店オリジナルの調味料である。

(もうやめたげて！　アーリャさんのライフはもうゼロよ！)

内心で叫びつつ、政近は気付いた。

(そうか。ロシア語だから、有希はアーリャが泣き言漏らしてるのに気付いてないのか)

そうと分かれば、こっそり耳打ちして教えてやろう……と有希の方を向いたところで、政近は気付いた。

一見無邪気な笑みを浮かべる有希の目の奥が、嗜虐《しぎゃく》的な光を宿していることを。

(こいつ、分かった上で……!?)

戦慄《せんりつ》する政近。その隣から伸びた白い手が、有希の差し出した小壺を握った。

「数滴垂らしただけで、ぐんとおいしくなりますよ？」

「いや、アーリャ!?　マジでやめておいた方がいいと思うぞ!?」

政近の忠告も虚《むな》しく、小壺の蓋《ふた》を開けたアーリャは、小さな匙《さじ》でその中の真っ赤な液体をすくうと、ラーメンの上に点々と垂らした。そして……

「～～～～!?」

数秒後、店内にアリサの無音の絶叫が響き渡った。

第7話 悲しい、事件だったね……

「……アーリャ、大丈夫か？」

「……」

政近《まさちか》はラーメン屋の近くにあった公園で、ぐったりとベンチに腰掛けるアリサにおそるおそる声を掛けた。

だが、反応がない。

どうやら虚勢を張る気力も尽きたらしく、ただの屍《しかばね》と化している。

まるで思索に耽《ふけ》る学者のように、膝《ひざ》の上に肘《ひじ》をつき、組んだ両手に額を押し付けて黙するアリサに、政近はどうしたものかと頭を掻《か》く。

が、やがてアリサはゆるゆると顔を上げると、虚《うつ》ろな目でのっそりと周囲を見回した。

「……有希《ゆき》さんは？」

「ああ、買いたいものがあるって言ってどっか行ったぞ？　あとで合流するってさ」

「……そう」

どこか……というか、アリサが自失しているのをいいことにアニメイドに散財しに行ったのだが。同じ生徒会の友人とはいえ、流石に今の段階でのオタバレは避けたらしい。

「……大丈夫か？」

「なにが？」

「いや、なにがって……」

どうやら、これだけぐったりしていてなお、激辛に負けたことを認めるつもりはないらしい。実際、あのラーメンを意地で完食したことは確かなので、負けたとも言えないのだが……いや、そもそも何と戦ってるのだって話ではあるのだが。

「あっと……アイスでも食べるか？」

「……たべる」

公園を見回してアイスのワゴンを発見した政近が問い掛けると、アリサはいつにない素直さで頷《うなず》く。そうして、二人でアイスを買ってベンチに戻ってきた。のだが……

「……」

政近は購入したチョコチップアイスを舐《な》めながら、隣のアリサのアイスをマジマジと見つめていた。

政近と違って、注文したのはコーンではなくカップ。そしてその上には、バニラ、チョコ、チーズケーキ、クッキーアンドクリーム。

ものの見事にぜ～んぶ甘い。抹茶？　チョコミント？　アイスに苦みや爽《さわ》やかさなど不要！　否、コーンすら不要！　と言わんばかりのゴリゴリに攻めたチョイス。

「店員さんもちょっとビックリしてた。

「その……辛いものを食べたから、ね」

「……そうか」

政近の驚いたような呆《あき》れたような視線に気付いたアリサは、少し恥ずかしそうに視線を背けながら言う。政近は「いや、にしてもだよ」と思いながらも頷いた。

なぜかは知らないが、アリサは自分が甘党であることを隠そうとしている節がある。もしかしたら自分のキャラに合わないと思っているのかもしれない。

(脳に糖分、体に活力とか言いながら、おしるこを一気飲みしてる時点で何を今更って感じだけどな)

それでも、本人が隠したがっていることをわざわざ暴き立てるようなことはしない。たとえバレバレでも、本人がそのようにあろうとしているならば尊重すべきだと思うからだ。

(まったく、難儀な性格だな)

どこまでも意地っ張りで見栄《みえ》っ張り。

たった一人で努力し続け、ひたむきに自分が理想とする自分であろうとするその姿は、政近にとってひどく眩《まぶ》しく、同時にどこか微笑ましくもあった。

アリサが一人で頑張っているのを見ると、つい助けたくなる。その努力が報われるよう、手助けしたくなる。

それが、身の程知らずな庇護《ひご》欲によるものなのか、それともかつての父親や自分を慰めるための代償行為に過ぎないのか。それは政近自身にもよく分からなかった。

（どっちにしろ、ロクでもない動機だよな）

そんな風に自嘲《じちょう》しながら、政近はふと気になったことがあった。

「なあ、アーリャ」

「なに？」

「アーリャはさ、なんで生徒会長になりたいんだ？」

「なりたいからなりたいのよ。上があるなら目指す。そこに理由なんている？」

政近の問い掛けに対して返ってきたのは、答えになっているのか判断に苦しむ、シンプル過ぎる答えだった。

しかし、政近はそれこそがアリサの本心なのだと悟った。

本人にも明確な理由は分かっていないのだろう。だが、走らずにはいられないのだ。上があるなら、そこを目指さずにはいられないのだ。アリサ・ミハイロヴナ・九条《くじょう》という人間は。

（ああ、すごいなぁ。羨《うらや》ましいなぁ）

心の底から思う。自分の理想を追い求め、努力し続ける人のなんと美しいことか。

他者に頼らず、我が身のみで走り続けるその姿のなんと気高く尊いことか。

誇りを持って全力で生きている人だけが放つことが出来る魂の輝きを、政近はアリサにはっきりと見ていた。

有希や統也《とうや》も、同じ輝きを持っていた。だが、アリサのそれは二人のものよりも更に強く、それでいて危ういものに見えた。

「会長選に立候補するとして……副会長候補はいるのか？」

政近の問い掛けに、アリサは一瞬瞳《ひとみ》を揺らし……直後そんな自分を恥じたかのように正面を向き、凛《りん》とした表情で答えた。

「いないわ。でも、別に問題はないわ。私には副会長なんて不要だから」

「いや、不要って……ペアでの立候補がルールである以上、そうはいかんだろ」

「名目上の副会長がいればいいんでしょう？　適当に私を担いでくれる人を探すわよ」

その言葉に、政近はひどく寂しい気持ちになった。これだ。これだから、アリサはどうしようもなく危うく見えてしまうのだ。

誰にも頼ろうとしない。他者に何も期待しない。誰に認められることも褒められることも求めず、ただ己の理想とする結果を求めて全力を尽くす。

いや、あるいは全部自分の自己満足だと思っているからこそ、他人に頼ってはいけないと考えているのかもしれない。

そんなアリサを、政近はどうしても放っておけなかった。

人ひとりの力の限界を知っているがゆえに。そして、努力が報われなかった時の悲しさや苦しさ、虚しさを知っているがゆえに。

（努力は……報われるべきだ。本当に努力している人間こそが、望む結果を摑《つか》み取るべきなんだ）

そう思うからこそ、政近は今まで少なからずアリサの手助けをしてきた。

アリサの周囲の人間を巻き込んで、アリサが周りと協力するよう仕向けたり、自分が率先して愛称で呼んだりすることで、アリサの近寄りがたさを緩和しようともした。

この様子を見るに、あまり効果はなかったようだが。

「……そうか」

「……」

アリサは何も言わない。感情らしい感情を見せず、黙々とアイスを口へ運ぶ。

その沈黙を、何かしらの無言の訴えのように感じてしまうのは政近の思い上がりか。昨日の別れ際、アリサが言い掛けた言葉は……

その時、アイスを食べ終えたアリサが、政近の予想を肯定するように呟《つぶや》いた。

【あなたが一緒に……】

それ以上はロシア語ですら言うことがはばかられたのか、アリサはそこで口をつぐんだ。

しかし、政近にとってはそれだけで十分過ぎた。

(でも、俺は……)

アリサや有希、統也が持っている魂の輝きを、持っていない。

自らの意思で目標を決める主体性も、それに向かって努力し続ける情熱もない。

いつだって目標は他人任せ。いつだって情熱は他人次第。

かつて政近が最も輝いていた頃だって、それは変わらなかった。

「周防《すおう》家の跡継ぎに相応《ふさわ》しい人間になる」という目標は母と祖父に与えられたもの。

その目標に向かう情熱は、母とあの子に与えられたもの。自分で決めたわけじゃない。

母に認めてもらいたくて、あの子に褒めてもらいたくてやっていただけ。

他人に与えられたレールの上を、他人に与えられた燃料で走っていただけだった。

そしてその両方を失った今、どこにも行けずにただ立ち尽くしている。

(俺は、相応しくない)

政近は、アリサの言葉がロシア語で漏らされたことに感謝した。もし、日本語で言われていたとしても……政近はやはり、卑怯《ひきょう》な沈黙を選ぶことしか出来なかっただろうから。

と、そこで、アリサが空気を変えるように声を上げた。

「久世《くぜ》君、このあと用事は?」

「ん？　いや、特には」

「有希さんは？」

「ん～……まあ、あとで適当に合流すればいいかなと」

「そ、じゃあ私の用事に付き合って」

「用事って……たしか服買うって言ってなかったか？」

「そうよ？」

「いや、そうよって……野郎が女子の服選びに付き合うとか、結構な親密さがないと起こらないイベントだと思うんだが？」

「そう？」

　小首を傾げるアリサを見て、政近はハッと気付いた。

(そうか……アーリャは一緒に服を買に行くような友達がいないから、そこら辺の機微が分からないのか……うぅっ！)

　あまりの不憫《ふびん》さに思わず目頭が熱くなってしまった政近は、グッと奥歯を噛《か》み締めると、どこか慈愛に満ちた表情を浮かべた。

「いや……そうだな。付き合うよ」

　突然物分かりが良くなった政近に、アリサは眉《まゆ》をひそめる。

「どうしたの？　急に」

「いや、友達だからな。うん」

「なんだか釈然としないんだけど？」

「気にすんな」

怪訝《けげん》そうにするアリサを適当になだめすかし、政近は昼食前までいた商業施設に戻った。服飾系の店が集まっているフロアーに移動し、適当に散策する。

その一方でアリサは、突然優しくなった政近に対して、あらぬ方向の勘違いをしていた。

（まさか……私じゃ生徒会長になれないと思ってる？　だから、急に優しく？　っ、馬鹿にしてっ！）

まるで子供をあやす親か何かのように振る舞う政近に、内心歯噛みをする。

アリサはずっと、政近のこういった一段上から見守るような態度が我慢ならなかった。

しかし、ここで正面から反抗すればそれこそ子供だ。

（なにか……なにか、一矢報いてやりたい。その余裕を引っぺがしてやりたい！）

ぐぬぬぬ、と内心で呻《うめ》き声を上げつつ頭を巡らせ……アリサは、ついこの前の朝の出来事を思い出した。

（こうなったら、私の全力のファッションショーでドギマギさせてあげるわ！）

明後日の方向の勘違いから生まれた斜め上な決意の下、アリサは気になったお店に入ると、店の中にあった様々な服を手に試着室に乗り込んだ。

「じゃあ、着替えるから。意見お願いね」

「へいよ」

試着室の前に政近を待たせると、カーテンを引いて服を吟味する。

（まずは……これかしら）

持ち込んだ服の中からアリサが真っ先に手に取ったのは、夏らしい純白のワンピースだった。

（これだったら外すことはないでしょ。男の子はこういうの絶対に好きってマーシャが言ってたし！）

挑戦的な決意とは裏腹に自分が置きに行っていることに無自覚なまま、少女漫画脳の姉が言っていた、頼りになるのかどうか定かではない情報に従って服を選ぶ。

そして、いざ着替えようとブラウスのボタンに手を掛けたところで……はたと手を止めた。

（……ちょっと待って？　これ、着替えている音が外に聞こえちゃわない？）

今、外にいる政近と自分を隔てているのは一枚のカーテンだけ。しかも、下の方に少し隙間がある。一旦《いったん》意識すると、途端にアリサの中に羞恥《しゅうち》心が沸き上がった。

「久世君！　ちょっと離れて！」

たまらずカーテンの向こうに声を掛けると、「う〜い」というやる気のない声と共に、靴音が遠ざかるのが聞こえる。

そのことに少しほっとしつつ……その靴音が思ったよりはっきりと聞こえたことに、アリサは焦りを覚えた。

（え？　靴音が聞こえる距離って……衣擦《きぬず》れの音も聞こえるんじゃ？）

なんだか自分がとてつもなく恥ずかしいことをしている気がしてきて、落ち着かなくなる。先程政近が言っていた「野郎が女子の服選びに付き合うとか、結構な親密さが〜〜」という言葉の意味が、後ればせながら分かった気がした。

（ううん、大丈夫。店内には音楽も流れてるし……こっちからの音はそうそう聞こえない、はず）

あまりの恥ずかしさに逃げ出したい気分になったアリサだが、そんなことは自身のプライドが許さなかった。

羞恥心をグッと抑え込むと、意を決して服を脱ぎ始める。

外にいる少年のことを意識しないようにして静かに、かつ素早く着替えると、無意味と知りつつ耳を澄まし、外の様子を窺《うかが》う。

（大丈夫……そうね）

そして、特に何の反応もないことに一人納得し、改めて鏡に向き直った。

一方聞き耳を立てられていた当の本人はというと、周囲のお姉さま方から向けられる

「あら、学生カップル？　彼女さんのことを待ってるのかしら。可愛いわね～」という生温かい視線に、無の表情になりながら「これ、ラブコメでよくあるやつや……」と現実逃避していた。

別段衣擦れの音なども意識の内になく、アリサが心配していたことは杞憂《きゆう》だった。もっとも、アリサの着替えよりも周囲の視線の方が気になったからだというのは、アリサにとって不本意だったかもしれないが。

（うん、我ながら似合っているわ。流石は私ね）

鏡の前でポーズを取り、自画自賛するアリサ。そして、勝利（いつから勝負になったのかは知らないが）を確信してカーテンを引き開けようとして、急に不安になった。

もし、全くの無反応だったら？　スマホをいじりながら「おぉ～いんじゃね？」なんておざなりに言われたら？　……もしかしたら泣いてしまうかもしれない。想像しただけで心臓がキュッとした。

（ふ、ふんっ！　もしそんなことしたら、思いっ切りビンタしてやるわ！）

しかし、アリサは闘志を奮い立たせて弱気をねじ伏せると、シャっと勢いよくカーテンを引いた。

「どうかしら？」

腰に手を当て片足に体重を乗せ、モデル立ちのようなポーズを取りながら、アリサは挑戦的に政近を見た。

実際、その抜群のスタイルと美貌《びぼう》も相まってビックリするほど様になっていた。何とはなしにそちらを見た店内の女性陣からも、感嘆の吐息が漏れる。それは、政近も例外ではなかった。

(そんなん男子だったら絶対好きなやつ!!)

胸中で力強く叫びながら、空想上の机に拳《こぶし》を振り下ろす。どうやら今回に限ってはマーシャ情報が正しかったらしい。

だが、ここで分かりやすくキョドってはアリサの思うつぼだ。こういう時は恥ずかしがった方が負けなのだと、政近は重々承知していた。

だからこそ、ここは受けに回らず攻めに出る!

「ああ、よく似合ってるな。アーリャの白い肌に純白のワンピースがぴったりだ。清楚《せいそ》さと女の子らしさが強調されて、いつもより可愛らしい雰囲気になったな」

「う、え?　あ、そう……?」

政近のカウンターに、アリサがうろたえる。真正面から真顔で褒められ、なんだか落ち着かない気持ちになってしまった。

「じゃあ、次ね……」

そんなことをごにょごにょと言うと、アリサは逃げるようにカーテンを引く。

カーテンが二人の視線を遮り……直後、アリサと政近はカーテンの内側と外側で同時にうずくまった。

（え？　え？　なに？　ええ？　なんだかすっごい褒められちゃった！）

（はっず！　クッソはず！　よく笑わないで言えたな俺！　やっべーわこれ。真正面からデレるって滅茶苦茶《めちゃくちゃ》はずいわ！　あいつ、よくもまあいっつもこんなことやってんな。まあロシア語で伝わってないと思ってるから出来るんだろうけど！）

周囲のお姉さま方の微笑ましい視線を気にする余裕もなく、頭を抱えて羞恥に耐える。そのすぐそばで、アリサもまた両手で頬を押さえて羞恥に耐えていた。

（え？　いや、ええ？　そ、そんな、可愛いなんて……可愛い、なんて！　〜〜〜っ、もう！　もう！）

それでも耐え切れず、試着室の床をペシペシと叩《たた》き、思ったより音が出てしまって慌ててやめる。

意味もなく咳払《せきばら》いをしながら前に向き直り、鏡に映る自分の笑み崩れた表情を見て、思わずゴツンと鏡に額を押し当てた。

ぐりぐりと鏡に額を押し付け、その痛みと冷たい感触で無理矢理《むりやり》精神を立て直す。

（ふぅ〜……大丈夫。考えてみれば、当たり前のことを当たり前に言われただけじゃない。そう、久世君は意外とちゃんと女の子を褒められる人だったのね。感心だわ）

謎に上から目線で評価を下しつつ、ファサッと髪を背後に払ったところで、アリサの中に〝手慣れている〟という印象が浮かんだ。

(手慣れている？　何に？)

考えるまでもない。政近が、女の子を褒めるのに、だ。では、誰を褒めて慣れたのか。

答えは一つしか思い浮かばなかった。

(有希さん、と……？)

スッと頭が冷える。つい数時間前に見た、楽しげにウィンドウショッピングをする二人の姿が脳裏に浮かび、アリサの胸にモヤっとしたものが広がった。

「……」

ゆっくりと鏡から身を離すと、アリサは持ち込んだ服に目を移した。そして、その中からおもむろにジーンズとシャツを取り出すと、再び着替え始めた。

その組み合わせ、特に英語が書かれた黒いシャツという男物っぽいチョイスは、何かを意識している気がしないでもないが気のせいだ。

アリサが他意はないと言うのならそれはそうなのだ。

「どうかしら？　これは」

何も後ろめたいことはありませんよ？　とでも言いたげに自信満々の表情でカーテンを開くアリサ。

だが、流石にその格好を見て何も察せないほど政近は鈍感ではなかった。しかし、それをあえて指摘するほど無粋でもなかった。恐れ知らずではなかったとも言える。

「今度はぐっとかっこいい感じになったな。アーリャは可愛い系というより美人系だから、そういうのも似合うと思うぞ？　スカートじゃなくジーンズだと、スタイルの良さも際立つしな」

「ふ、ふ〜ん。そう？　ありがと」

二度目のべた褒めに、アリサも今度は戸惑うことなく賛辞を受け入れた。まんざらでもない笑みを隠そうともせず、珍しく笑顔でお礼まで口にする。

「それじゃあ、次ね」

「お〜う」

そして、アリサは政近をドギマギさせるという当初の目的もすっかり忘れ、純粋にファッションショーを楽しみ始めた。

次々と服を着替え、鏡の前でポージングまで決めて政近に披露する。それに対して政近もまた、二次元で学んだ女子の褒め殺し語録をフル活用して褒め倒す。

だんだんと政近の羞恥心が麻痺《まひ》してきて、一方でアリサはどんどん気持ちよくなってきた。政近の想像通り、アリサには一緒に服を買いに行く友人がおらず、たまに一緒に買い物をする姉は、アリサが何を着ても「アーリャちゃんかわいい〜」ばっかりなので、こんな風に具体的にべた褒めされる経験はアリサにとって初めてだった。

(次は～～んん～～♪　つ、ぎ、はぁ～～♪)

すっかりいい気分で、内心鼻歌を歌いながら服を選ぶ。

有希がこの場にいたら「チョロっ」と言うこと間違いなしだが、本人に自覚はない。

そして、浮き立つ気分のままに、自分でも「これは着ないだろうけど、まあ念のため」と思いながら持ち込んだ服に手を伸ばした。

(ちょっと大胆過ぎる……かしら？　でも、久世君だったら褒めてくれるわよね)

選んだのは肩が剥《む》き出しになったキャミソールとミニスカート。なかなかに露出度が高く、特にミニスカートの方は、元々脚が長いアリサが穿《は》くと「ん？　膝上《ひざうえ》？　股下《またした》の方が圧倒的に近いのでは？」と言いたくなるような有様だった。

普段のアリサなら絶対に着ないし、着たとしても異性には決して見せない服装だったが、政近の褒め殺しですっかり乗せられてしまっていたアリサは、まだわずかに残っていた理性の声を無視してカーテンを開いた。

そう、いつの間にかカーテンの向こうの気配が二つに増えていることにも気付かずに。

「これはど、う……」

上半身を前に倒し、右人差し指を頬に添えながらパチンとウインクを決めた……ところで、アリサは政近の隣に立つ有希に気付いた。

二人の視線が正面から絡み合い、アリサが片目を閉じたままピシリと固まる。

一方、オタグッズの数々が詰まった紙袋を手にした有希は、そんなアリサを見てパチパチと目を瞬かせると……

「うわぉ、アーリャさんだいったぁん」

「……っすね」

素の表情でひゅうっと口笛を吹く有希と、なんとも言えない表情で目を逸《そ》らす政近。

その二人を見て、アリサは一気に冷静になった。

ザッと血の気が引き、直後ブワッと顔に上って来る。

「……そうよね」

アリサは紅潮した頬を引き攣《つ》らせながらスーッとカーテンを閉めると、静かにその場にうずくまった。

【……消えたい】

そして、鏡で今の自分の姿を再確認し、言葉通り消え入りそうな声で呟《つぶや》くのだった。

「アーリャさん、なんて？」

「……消えたい、だとよ」

「ふっ、ウブなベイビーだぜ」

「誰だお前」

もっとも、その呟きすらもこの兄妹には伝わっていたのだが。

◇

その後、すっかり大人しくなってしまったアリサは、試着した内の二着を購入すると、政近と有希と共に早々に帰路に就いた。

電車に乗っても気分は復調せず、そんなアリサに気を遣ったのか、政近と有希も会話することなくスマホをいじっていた。

「じゃあまた月曜日にな、アーリャ」

「今日は楽しかったです。またご一緒しましょうね？」

「ええ、また」

やがて、政近と有希が先に電車を降り、アリサはその後ろ姿を見送ってから、ぐったりと電車のシートに沈み込んだ。

【ありえない……】

先程自分が晒《さら》した痴態（アリサ基準）を思い出して、身悶《みもだ》えしたい衝動に襲われる。

【あんな、短いスカート……絶対はしたない女だって思われた……】

膝の上に置いた紙袋に顔をうずめ、しばし羞恥《しゅうち》と後悔に身を焦がしていたアリサだったが……ふと、おかしなことに気付いた。

「……あれ？」

そう、おかしいのだ。なぜ、先程あの二人は一緒の駅で降りたのか。

政近と有希の家は、駅で言えば三駅は離れていたはず。普通に考えれば、同じ駅で降りるはずがないのだ。

「……え？　え？」

となると、考えられるのはただ一つ。あの二人は、まだ家に帰るつもりがない。いや、あるいはどちらかの家に行くつもりなのでは……？

「え──？」

実際、その予想は正しかった。有希は周防家にオタグッズを持ち帰るわけにはいかないため、久世家で戦利品を堪能《たんのう》するつもりなのだ。

が、そんな事情はアリサの知るところではない。

「やっぱり、あの二人……？」

胸の中で頭をもたげた疑念を、しかしなんとか上から押さえつける。

(ううん。まだ、他に行くお店があっただけかもしれないじゃない)

そう自分を納得させたところで……不意に思い出したことがあり、アリサはスマホを取り出した。

（なんて言ったかしら……たしか、枯れシャツ？）

記憶を頼りに検索を掛け、ヒットした画像にアリサは目を見開いた。

「ど——!?」

突然の奇声に周囲から視線が集まるが、アリサにそれを気にする余裕はない。

それは、少女漫画のワンシーンを切り取ったらしき画像だった。

男女が一つのベッドの上で向き合って座っており、女性の方はぶかぶかのワイシャツを着て恥ずかしそうに微笑んでいて、男性の方は……上半身裸だった。

（どどどど、どういうこと!?）

上から無理矢理押さえ込んだ疑念が、その手を撥《は》ねのけて天井を突き破る。

（え？　ええ？　えぇぇ——!?）

なんともエッチィ雰囲気を漂わせる画像に、アリサは瞠目《どうもく》する。画像の中の男女が脳内で政近と有希に変換され、慌ててそれを打ち消す。

（どういうことなの〜〜〜っ!?）

一人取り残された電車内で、アリサは答えが出ない疑問に悶々《もんもん》とするのだった。

Иногда Аля внезапно кокетничает по-русски

第8話　ああ、分かった

「はぁ……あいつ、どんどん遠慮がなくなって来てないか……？」

放課後、政近《まさちか》は有希《ゆき》から送られてきたメッセージを見てそう独り言ちた。

なんでも生徒会の仕事で備品の買い出しがあったのだが、突然の用事で行けなくなってしまったので、代わりに行って欲しいとのことだった。

『にぃに、おねがぁい♡』

「……」

最後に送られてきた、いっそ気持ちがいいくらいにあざとく媚《こ》びた文面にイラッとしつつ、なんだか脱力する。

「まあ、行くけどな？　行くけどさ……」

ぶつぶつと言いながら、端的に『了解』とだけ送る。

『わぁい、お兄ちゃん大好き♡』

「はいはい」

次々と送られてくるハートが乱舞しているスタンプに苦笑を浮かべつつ、政近はスマホをポケットにしまうと生徒会室に向かった。

なんだかんだ、政近は妹には甘いのだ。世間一般で見ればシスコンと言われても仕方がない程度には。

「失礼します」

政近が生徒会室の扉をノックして開けると、中には二人の人間がいた。

「おう、久世《くぜ》。悪いな、わざわざ手伝いに来てもらって」

「いえ、俺は有希のフォローに来ただけなんで」

一人は、生徒会長である剣崎統也《けんざきとうや》。そして、もう一人は……

「あらぁ、あなたが久世くん？　わたしはマリヤ・ミハイロヴナ・九条《くじょう》。アーリャちゃんの姉で、生徒会書記よ。よろしくね～？」

「あ、どうも。アーリャにはいつもお世話になってます」

ほわほわとした笑みを浮かべながら気さくにあいさつをしてくるマリヤに、「本当に姉妹で対照的な雰囲気だな」と思いながら軽く会釈をする。

「今日は、九条先輩と買い出しだって聞いたんですが……」

「マーシャって呼んでくれていいのよ？　アーリャちゃんのお友達なら、わたしにとってもお友達だもの～」

「あ、はぁ……」

にこーっと笑いながらトコトコと近付いてくるマリヤに、政近は「よ、陽キャ力がパねえ」と少し尻込《しりご》みする。

「マーシャ先輩でも〜マーシャさんでもいいわよ〜？」

「はぁ……じゃあ、マーシャさんで」

なんだか照れくさくなって目を逸らす政近。その前まで辿《たど》り着くと、マリヤは政近の右手を両手で握って軽く上下に振った。

「うんうん、よろしく、ね……」

これがアイドルなら、一発で男を虜《とりこ》に出来そうな笑顔で握手をするマリヤ。その表情が、政近の顔を間近に見上げて急に真顔に変わった。

いつも優し気に細められている垂れ目気味な目は大きく見開かれ、その顔からは普段の笑みが完全に消え去っていた。

「な、なんですか？」

あまりの豹変《ひょうへん》っぷりに思わず身を引く政近だが、意外なほどの強さでしっかりと右手を握られているせいで、一歩引くだけで精一杯だ。

「久世くん……下のお名前は？」

「え？　政近……政治の政に、近いって書いて政近です」

「まさ、ちか……」

怖いくらいに真剣な表情で、穴が空くほど政近の顔を見つめるマリヤ。ほぼ初対面の美人の先輩に、両手で手を握られたままマジマジと見つめられ、政近はドキドキするのを通り越して不安になってきた。

「どうした？　九条姉。久世の後ろに何か憑《つ》いてるか？」

「会長、それを言うなら『顔に何か付いてるか？』でしょう」

「おお、やるな久世」

そこに統也が助け船を出し、政近がすかさず乗っかる。間髪を容《い》れないツッコミに、統也が称賛と共にサムズアップした。

突然発生したボケツッコミに、マリヤはゆっくりと瞬《まばた》きをすると、いつものほんわりとした笑みを取り戻した。

「ああ、ごめんなさい。『この人がアーリャちゃんのお友達なのね～』と思って、つい」

パッと手を放すと、自分の頰に手を当てながら申し訳なさそうに小首を傾げる。そして、気を取り直すようにパチンと手を打ち合わせると言った。

【それじゃあ、行きましょうか】

突然のロシア語に、政近は目を瞬かせる。もちろん意味は伝わっているが、彼女の妹であるアリサにはロシア語が分からないという体《てい》で通しているので、ここで頷《うなず》くわけにはいかない。

「すみません、なんですか？」

素知らぬ顔で政近が聞き返すと、マリヤは一瞬だけスッと目を見開いた後、すぐに笑みを浮かべ直した。

「ごめんなさい、『行きましょうか』って言っただけなの」

「ああ、はい」

「それじゃあ会長、行ってきます」

「おう、頼んだ」

「失礼します」

「久世も、よろしくな」

「はい」

統也に会釈をし、二人で生徒会室を出る。

「備品の買い出しでしたっけ？　有希にはざっくりとしか聞いてないんですが」

「そうよ～生徒会室で使うものをいろいろとねぇ～」

「はあ……中等部ではそういうのってまとめて業者に発注してたんですけど、高等部では違うんですね」

「細かい消耗品はそうよ～？　でも、自分達が使う生徒会室だもの。少しは自分達の色を出したいじゃない？　そういうのは実際に自分の目で選ばないと。特に紅茶とかは、実際に香りを嗅《か》がないといいものは選べないもの」

「ああ、そういう……そうなると、ますます部外者の俺が関わっていいのかって感じがしますけど」

「そうねぇ……じゃあ、久世くんも生徒会に入ればいいんじゃないかしら？」

「いや、俺にその気はないんで」

「そう？　ざ〜んねん」

本当に残念そうに肩を竦《すく》めるマリヤに、政近は苦笑を浮かべる。

「じゃまあ、荷物持ちとして頑張りますよ」

「ええ、お願いね〜？」

部外者である以上、下手に意見などせずに荷物持ちに徹すればいいだろう……と思っていたのだが、その考えが甘かった。

「このアロマいいにお〜い。とりあえず、お試しで全種類――」

「いや、生徒会室でアロマはマズいでしょ。そういうのは自分の部屋でやってください」

「やだぁ〜、このネコちゃんのぬいぐるみ、アーリャちゃんにそっくり！　あ、そうだ。生徒会メンバー全員をイメージしたぬいぐるみを並べるっていうのはどうかしら？」

「どこの夢の国ですか！　他の女性陣はともかく、会長が絶対居た堪《たま》れない気持ちになりますよ！」

「会長はこっちの眼鏡を掛けたライオンさんね〜」

「いや、だから……って、似てんなぁおい！」

「いや、似てるけども！　生徒会室にぬいぐるみは普通にダメでしょう！」

「それじゃあこれを──」

「ええ〜」

「いや、こっちが『ええ〜』ですよ」

「むう……分かったわ。でも、このネコちゃんは可愛いから、自分用に買おうっと」

「ああ、レシート一緒にしたらマズいですって！　会計のアーリャに叱られますよ！」

迷わずファンシーショップに入った時点でヤバイ気はしていたのだが、想像以上だった。政近の想像を遥《はる》かに超える自由さだった。

あっちこっちに目移りし、明らかに生徒会室に相応《ふさわ》しくないものを大真面目に買おうとするマリヤ。荷物持ち以前に、政近はその軌道修正をするのに精一杯だった。

（ダメだ、この人自由過ぎる。いつもこんな感じなのか？　だとしたらアーリャ、相当苦労してんだろうなぁ）

なんとか必要最低限のものだけを買い揃え、最後の紅茶屋に向かう頃には、政近はすっかり気疲れしてしまっていた。宣言通り荷物持ちとしての役目を果たしつつ、ネコのぬいぐるみを抱きかかえて歩くマリヤを見下ろす。

ぬいぐるみを抱いて街中を歩くというのは、小学校低学年ならともかく高校生にはなかなかにハードルが高いように思えるが、不思議とマリヤがしているとあまり違和感がない。

（うん、まあ……『おいネコ、ちょっとそこ代われ』って感じだ）

ぬいぐるみの頭を背後から押し潰《つぶ》している双丘を眺めながら、ついそんなことを思い……直後、脳裏にゴミを見るような目をしたアリサの顔が浮かんでゾクッと身震いした。

（ちゃうねん……こんなにすんごいのが目の前にあったら、男は見てしまうものやねん。男の悲しい性《さが》やねん）

なぜか関西弁で言い訳をしつつ、頭の中のアリサに謝罪する。

「久世くん、ここよ～」

「はい！　すみません！」

「？　どうしたの？」

「いえ、あの、はい。なんでもないです……」

首を縮める政近に、マリヤは「んん～？」と不思議そうに首を傾げながらも、お店の中に入った。

「あの、マーシャさん。流石に預かりますよ」

「ああ、ありがと～。じゃあ、アーリャにゃんをよろしくね？」

「ア、アーリャにゃん……」

なかなかに凄《すさ》まじいネーミングセンスに顔を引き攣《つ》らせつつ、政近はマリヤからぬいぐるみを受け取る。

(……って、受け取っちゃったけど、これ絵面キッツぅ!)

ぬいぐるみを抱える女子高生は苦笑で済むが、男子高校生になったらもはや真顔である。目を合わせちゃいけません案件である。だが……

「あらぁ~似合うわ~」

「どんな感性しとんですか」

何が琴線に触れたのか、マリヤは嬉《うれ》しそうに笑うと、あろうことかスマホを取り出し写真を撮ろうとしてくる。記録に残そう
「はい、チーズ」

「いや、やらせねぇよ?」

「えぇ~いいじゃな~い」

マリヤのスマホのレンズを、手に持った買い物袋でガードする。政近は、もうすっかりこの先輩にツッコミをすることに遠慮がなくなっていた。

「ほら、紅茶を見るんでしょう?」

「ああ、そうだったわね。店長さ~ん」

なんとか撮影を回避し、政近は店の隅っこでマリヤの様子を見守る。

マリヤはどうやらこの店の常連らしく、顔見知りらしい初老の店長と何かを話しながら、茶葉の香りを試していく。

「久世くんは、どれがいいと思う？」

「いやぁ、俺は紅茶は分からないんで。そもそも俺が飲むわけじゃないですし」

手持ち無沙汰《ぶさた》な政近を気遣ったのか、マリヤが意見を求めてくるが、政近はそれを丁重に断る。

（それこそ、有希ならこういう時に交ざれるんだろうけどな）

周防《すおう》家の令嬢である有希なら、紅茶の銘柄にもそれなりの知識があっただろう。

そんなことを考えていると、どうやら気になる紅茶を試飲させてもらえることになったらしい。店の奥から女性の店員さんがいくつかの紙コップを載せたトレイを持って来た。

「ん～おいしい。久世くんも、せっかくだからいただきましょう？」

一つの紙コップに口を付けてにこーっと笑みを浮かべると、マリヤは政近を手招いた。

そのシチュエーションに、政近の中でピンとくるものがあった。

（こ、これは……間接キスイベント！）

そういったことに無頓着《むとんちゃく》な女子に、何の気なしに飲みかけのコップやペットボトルを渡されるイベント。多くのラブコメ主人公をドギマギさせ、多大な羞恥《しゅうち》心を対価に少しの幸福を与えたイベント！

（だが、俺は違う）

こういうのは恥ずかしがったら負け、意識したら負けなのだと重々承知している。そう、こういう時はスマートに。スタイリッシュに決めるものなのだ！

「それじゃあ……」

その決意の下、政近は手荷物をその場に置くと、スタイリッシュな足取り（政近基準）でマリヤの方に歩み寄り――

「はい、お兄さんもどうぞ」

「あざまーっす」

女性店員さんに新しいコップを差し出され、笑顔で受け取った。どうやら元々二人分用意されていたらしい。実に気が利く、気前がいい店だ。が、政近にとってはあまり嬉しくない気遣いだった。

（ぬおおおおぉぉ――――!!　はっず!!　俺、はっず!!）

張り付けたような笑顔で紅茶に口を付けながら、内心悶絶《もんぜつ》する政近。

「ね？　おいしいでしょう？」

「うっす、マジでおいしいっす」

「ね～」

「うっすうっす」

謎に体育会系っぽくなりながら、心の中で七転八倒する政近。現実と二次元の区別が付かなくなるオタク脳の悲哀が、そこにはあった。

◇

「おう、帰ってきたか。お疲れ……っと、なんかすごいの持ってるな」

生徒会室で書類仕事をしていた統也が、マリヤが抱えるぬいぐるみを見て苦笑を浮かべる。

「まあ、可愛いが……生徒会室に置くつもりか？」

「可愛いでしょう？」

「置いていい？」

「いや、それは遠慮してくれ」

「会長、これどこに置いておけばいいですか？」

政近が買い物袋を掲げて問いかけると、統也がデスクから立ち上がって中身を見に来る。

「どれどれ……うん、普通の備品だな。助かったぞ久世。九条姉だけに任せていたらどうなっていたか……」

「生徒会室が夢の国になってました」

「……そうか。うん、本当に良かった。ありがとう」

マリヤが抱えるぬいぐるみを見ていろいろ察したのか、統也が神妙な表情で政近の肩を叩《たた》く。

「どうだ、久世。やはり生徒会に入らないか？」

「いやぁそれは……たまに手伝うくらいならいいですけど」

「それくらいなら、名前だけでも在籍した方がいいんじゃないかしら？　無理にとは言わないけど」

「おお、九条姉は賛成か」

「いや、名前だけって……そういうわけにもいかないでしょう。というか、有希は分かりますけど、会長はなんでそんなに俺を入れたがるんですか？」

怪訝《けげん》そうに問う政近に、統也は「逆にこっちが不思議だ」と言いたげな表情で顎《あご》を撫《な》でる。

「ふん……むしろ、どうして久世は生徒会に入りたくないんだ？　俺には、どうにも激務だけが理由だとは思えないんだがな」

「……俺は、生徒会役員に相応《ふさわ》しい人間じゃないですから」

その地位を望む強い意志も、その立場に伴う責任を負う覚悟もない自分は、相応しくない。苦笑を浮かべながら表情に影を落とす政近に、統也は「ふん？」と片眉《かたまゆ》を上げながら小首を傾げる。

「相応しくないということはないと思うがな。なにしろ、中等部生徒会で立派に副会長を勤め上げた実績があるじゃないか」

「その経験があるからこそ分かるんですよ。そもそも、俺が副会長になったのだって、有希に頼まれてのことですし。……俺自身に、その地位を得て何かやりたいことがあったわけじゃない」

「……ふむ、それの何が悪いんだ？」

「え？」

統也の心底不思議そうな声に、政近はパッと顔を上げる。すると、統也はニヤリと笑い、胸を張って言った。

「俺なんて、好きな女の子を振り向かせるために生徒会長になったんだぞ？　お前よりよっぽど不純な動機だと思うがな！　ハッハッハ！」

「え？　そ、そうだったんですか？」

何も恥ずることはないとばかりに堂々と宣言する統也に、政近は虚を衝《つ》かれる。驚きに目を見開く政近に、統也はスマホを操作すると一枚の画像を見せてきた。

「これを見てみろ」

「……？　えっと、弟さんですか？」

「中三の頃の俺だ」

「え⁉」

そこに映っていたのは、今の統也とは似ても似つかない、はっきり言ってすごく冴《さ》えない肥満男子だった。

ぼさぼさの髪に野暮《やぼ》ったい眼鏡、ニキビだらけの顔。

何よりその縦にも横にも大きい体を自信なさそうに丸めているその姿からは、今の統也には欠片《かけら》も感じられない卑屈さがにじみ出ていた。

「二年前の俺は、見ての通り典型的な陰キャでな。成績も悪いし運動も苦手。正直学校自体あんまり好きじゃなかったんだが……それが分不相応にも、同じ学年の二大美女の一人に恋をしてしまったんだよ」

「それって……」

「ああ、副会長。更科茅咲《さらしなちさき》だ」

会長と副会長が付き合っているというのは、学園でも有名な話だ。そういうゴシップネタに興味がない政近でも知っている程度には。

だが、政近は今まで、スクールカーストトップに属するエリート同士が、なるべくして恋人になったのだと思っていた。まさか、スクールカースト下層からのジャイアントキリングだとは思っていなかったのだ。

「それで、彼女の恋人として相応しい男になれるよう、死ぬ気で努力してな。この会長の座を勝ち取ったのも、その一環というわけだ。どうだ、不純だろう？」

「ははは……まあ、そうですね……」

本人にここまで自信満々に言われてしまっては、政近としては笑うしかない。なんと言えばいいのか分からず苦笑を浮かべる政近に、統也は言う。

「だからまあ、動機なんてどうでもいいってことだ。そこにいる九条姉だって、茅咲に誘われて生徒会に入ったクチだしな」

「そうなんですか？」

「そうよ～？　まあ、単純に興味があったっていうのもあるけど」

ふわふわとした笑みを浮かべながら肯定するマリヤ。そこでマリヤは少し真面目な顔をすると、優しく諭すように言った。

「わたしはね、動機はどうあれきちんと結果を残していればそれでいいと思うの。きっかけが恋情であれ友情であれ、生徒会としてちゃんと生徒達のためになる活動が出来てればそれでいい」

「そう、ですか？」

「そうでしょう？　じゃないと、政治家は聖人君子じゃないとなっちゃいけないってことになってしまうもの」

「あはは、それはまあそうですね」

皮肉っぽく、しかしどこか愉快そうに笑う政近に、統也もまたマリヤの言葉を肯定するように頷《うなず》く。

「そういうことだ。動機はどうあれ、お前は周防と共に、生徒会副会長として立派に結果を残した。それを恥じる必要も、後ろめたく思う必要もどこにもない」

その言葉は、政近の心に意外なほど強く響いた。

ずっと、どこかに罪悪感があった。どれだけ実績を残そうが、「もっとこの地位に相応しい人間が他にいる」という考えが消えない。

その〝誰か〟からその地位を奪ったという後ろめたさが、ずっと政近の心に影を落としていた。

どれだけ周囲に褒められようが、本人がそれを認めることが出来なければ意味はない。自己肯定感が伴わなければ、どんな栄光もただ虚《むな》しいだけだ。だが今、政近は統也とマリヤの言葉で、少しだけかつての自分を認めることが出来たのだ。

「他の誰かを会長にするために生徒会に入る？　大いに結構だ。俺も、茅咲や九条姉も歓迎する。誰にも文句は言わせん」

そう言って傲岸《ごうがん》に、不敵に笑う統也に、政近は少し泣きそうになった。それが過去の自分を許された喜びからなのか、統也の眩《まぶ》しさに対する憧憬《しょうけい》からなのかは分からない。

「……少し、考えてみます」

「おう、じっくり考えろ。悩むのは若者の特権だからな」

「会長だって若者じゃないの〜。正直高校三年生には見えないけど」

「ハハハ、よく言われる！　この前なんて大学院生と間違えられたしな！」

明るく笑う優しい先輩二人に、政近も少しだけ笑みをこぼす。

（誰かを会長にするために、か……）

統也の言葉を内心で反芻《はんすう》し、直後自然と脳裏に浮かんだ人物に驚きを覚える。なぜなら、その人物は有希ではなく……

「……そう言えば、今日はアーリャはどこに？」

考えを切り替えようと、政近は室内を見回しながらそう言った。突然の話題転換だったが、統也は気にした素振りもなく答える。

「ああ、九条妹は運動部のもめごとの仲裁に……そう言えば遅いな」

「もめごと？　それは……」

「安心しろ。喧嘩《けんか》ってわけではない。実は——」

なんでも、もめごとというのはサッカー部と野球部の、校庭の使用権に関するものらしい。

サッカー部と野球部は、どちらも練習場所として校庭を利用している。

そして、この時期は例年、野球部が毎年恒例の対外試合に向けて、少し多めに校庭を使っているらしい。

だが、今年はそこにサッカー部が物言いをつけたというのだ。曰《いわ》く、「サッカー部も対外試合をすることになったので、校庭の使用権を譲ってほしい」と。

「毎年決まっていることだからと主張する野球部と、慣例だからって実績が少ない野球部が優先されるのはおかしいと主張するサッカー部。実際、サッカー部がここ数年実績を伸ばしているのに対して、野球部は部員数も減って近年縮小気味だからな……どちらの主張にも言い分があるので、なかなか落としどころが難しい」

「それを、アーリャが仲裁に行っていると？」

「ああ。普段はこういう部活間のもめごとは茅咲が担当なんだが、今日は剣道部の用事で外せないらしくてな。これも経験だと思って九条妹に任せたんだが……なかなか難航しているらしいな」

時計を見てから、窓の外、部室棟の方へと視線を向ける統也。

「……大丈夫なんですか？」

「ん？　まあ多少ヒートアップしても、乱闘騒ぎになったりはせんだろうよ」

そう言って肩を竦《すく》める統也。特に心配する素振りもなく、買って来た備品を整理するマリヤ。

しかし、政近の脳裏には、先日酔っぱらったサラリーマンと一触即発になったアリサの姿が浮かんでいた。政近の胸の中に、じんわりと不安が広がる。

「……それじゃあ、俺はこれで失礼します」

「おう、気を付けてな」

「今日はありがとうね。また今度お礼するわ」

「はい」

気もそぞろに先輩に別れを告げると、政近は生徒会室を出る。

「……喧嘩になってないか、確認するだけだ」

そして、誰にともなくそう言うと、玄関ではなく部室棟へと足を向けた。

◇

「だから！　慣例って言ったって所詮《しょせん》親善試合みたいなもんなんだろ？　こっちは大会に向けた大事な試合なんだよ！」

「親善試合だからこそ大事なんだ！　相手の学校との付き合いだってあるんだし、そもそも横車を押しているのはそっちだろう！」

サッカー部の部室は、まさに一触即発の様相を呈していた。集まったサッカー部と野球部の上級生十数名が、両陣営一歩も譲らずに睨《にら》み合っている。

「落ち着いてください。お互いに非難し合っても仕方ないでしょう？」

その間に立つアリサが、もう何度目になるか分からない仲裁をするが、あまり効果はない。

一応、アリサは説得材料として、学園近くの河川敷という新たな練習場所を用意していた。しかし、すると今度はどちらが校庭を使い、どちらが河川敷を使うかで意見が対立してしまったのだ。

議論は平行線のまま、両陣営の話し合いは、もはや半分罵《のの》り合いに近い状態になってしまっていた。

アリサがなんとか落としどころを見付けようとするが、ヒートアップした両陣営はどちらも一切譲歩しようとしない。

「そもそもサッカー部の方が圧倒的に部員数は多いんだ！　移動の手間を考えればそっちが移動すべきだろう！」

「その分予算はもらってるんだからいいだろう！　その上練習場所まで取ろうなんて、ただの数の暴力じゃないか！」

「落ち着いて、落ち着いてください！」

必死に宥《なだ》めようと声を上げながらも、アリサは既に心が折れかけていた。

いくらアリサでも、年上のガタイのいい男子達に囲まれれば怖い。

その上、出す提案はことごとく却下され、両側からキツイ言葉を浴びせられ続ければ、流石にアリサも精神的に参ってしまう。

引き受けた仕事に対する責任感と負けん気だけでなんとか食らいついてきたが、それもそろそろ限界に近付いていた。

（誰も……私の言うことを聞いてくれない。私は、やっぱり……）

人の心を、動かせない。

ずっと前から、薄々分かっていたことだった。

他人を見下し、「どうせ誰も私にはついてこられない」と突き放し、理解すること、歩み寄ることを拒否してきた。

これは、そのツケだ。

一体誰が、こんな人間の言葉に耳を貸すだろうか。

相手の心に寄り添うこともなく、上から目線で正論を突き付けることしか出来ない人間が、どうして人の心を動かせるだろうか。

（私……一人だ）

アリサの軋《きし》んだ心に、その事実が冷たい毒のように染み渡ってじくじくと苛《さいな》む。

分かっている。そうあることを選んだのは自分。周囲の人間全てを競争相手とだけ認識し、誰にも負けないように生きてきた。

全部自分で選んだことなのだから、仕方がないこと。

(そう、分かってる。分かって、る……っ)

でも、でも……!

【助けて……】

小さく漏らした弱音は、この場の誰にも通じないロシア語。

プライドをかなぐり捨てて逃げ出すことも、泣き喚《わめ》くことも出来ず、素直に助けを求めることすら出来はしない。

心の片隅で、冷静な自分が「だからあなたは一人なのよ」と冷たく言う。本当にその通りだと自嘲《じちょう》しながら、アリサの口はなおも、震える喉《のど》の奥から声を絞り出す。

【誰か、助けてよぉ……】

それはあまりにも小さくてみっともない、しかしアリサにとっての精一杯の、痛切なSOSだった。

誰に伝えるつもりもない、孤高の少女がぽつりと漏らしたその言葉は、室内を飛び交う怒号に虚《むな》しく掻《か》き消される……はずだった。

ガラララッ!

突然室内に響き渡った引き戸を開く音に、室内にいた全員の視線が一斉に集まる。

そこにいたのは、平凡な容姿をした一人の男子生徒。


ネクタイの色からして、学年は一年。特に体格に恵まれているわけでもなく、この場にいる男子の中では一番細い体をしている。


だがしかし、その少年が室内を睥睨《へいげい》した瞬間、その場にいた全員が息を呑《の》んだ。一瞬にして、その少年が放つ雰囲気に呑まれたのだ。

直前まで殺気立っていた上級生達を視線だけで黙らせた少年は、堂々と室内に足を踏み入れると……不意にへらりとした笑みを浮かべて言った。

「ど〜も、生徒会から応援に来ました。生徒会庶務の久世政近です」

◇

サッカー部の部室前に辿《たど》り着いた政近は、アリサが孤軍奮闘する様子を部屋の外で立ち聞きしていた。

（これはもう、無理だぜ。アーリャ）

ただ一人、必死に言葉を尽くすアリサの声を聞きながら、政近は冷静にそう判断した。

両陣営とも、頭に血が上り過ぎている。これは一度仕切り直し、後日冷静になってから話し合いをすべきだ。

聡明《そうめい》なアリサであれば、事ここに至ってはそれが最適解であると分かっているだろうに。

会長に任されたという事実に焦って、引き際が分からなくなってしまっているのか。

（……ま、可哀そうだけどこれも経験だな）

この調子なら、アリサが止めるまでもなく、遠からず喧嘩別れのようになって話し合いは決裂するだろう。

そうしてから、また改めて話し合いの場を持てばいい。

ここで部外者の自分が下手に口を出すべきじゃないし、出せばそれはアリサの矜持《きょうじ》を傷付けることになる。

「頑張れよ、アーリャ」

ただ一言小さくエールを送ると、政近はその場を後にし──

【助けて……】

踵《きびす》を返した政近の背中に、小さなSOSが届いた。踏み出した足が、ピタリと止まる。

か細く、痛切な声。

今まで一度も聞いたことがない、彼女の助けを求める声。

どうしようもなく胸を締め付けられるその声に、政近はガリガリと頭を掻きむしる。

（ああ、くそっ！　なんでそんなこと言うんだよ！）

もう少し早くこの場を離れるべきだった。そうすれば、彼女のこんな声を聞かずに済んだのに。

なんて不器用なSOSだろうか。素直に会長か姉にでも助けを求めればいいのに。それが出来ないから、いつまで経っても一人なのだ。そんなんだから……

【誰か、助けてよ……】

どうしても、放っておけないのだ。

【Я понял《ああ、分かった》】

政近は小さく呟《つぶや》くと、ぐしゃりと髪を掻き上げ、再び踵を返した。

◇

突然の闖入者《ちんにゅうしゃ》に多くの者が困惑する中、野球部の部長を含む一部の生徒が「久世……」と驚きの声を上げる。彼らは、中等部生徒会の頃の政近を知る面々だった。

「久世、くん……」

驚きと困惑に満ちた、しかしどこかすがるような声で名を呼ぶアリサの背をポンと叩《たた》くと、政近はアリサを背に庇《かば》うようにして前に出た。

「会長から大体話は聞いてるんですが、校庭と河川敷の練習場所を、どちらがどう使うかでもめてるって認識でいいですか？」

「ああ、そうだ」

「ありがとうございます」

政近の問い掛けに答えたのは、それまでなぜかずっと沈黙を守っていた野球部の部長だった。

他の部員が罵声《ばせい》を飛ばす中、じっと黙していた彼は、期待と信頼を半々に乗せた目で政近を見た。

その視線に応《こた》えるように、政近は一度、両陣営全員の顔をぐるりと見回してから言った。

「では、こういうのはどうでしょう。移動する人数を考慮し、河川敷には野球部が行っていただく。その代わり、人数が多いサッカー部から、その手伝い要員を派遣してもらうというのは」

政近の提案に、サッカー部は困惑を、野球部は反感を抱いた。

「なんだよそれ！　結局俺達が貧乏くじ引くのかよ！」

「なんで俺らだけ河川敷に追いやられなきゃならないんだよ！」

沸き上がる当然の抗議。しかし、それはサッカー部側から上がった、たった一つの声で収まった。

「そういうことなら、野球部にはわたし達マネージャー陣が手伝いに行きますよ」

声を上げたのは、サッカー部のマネージャーを務める一人の女子生徒。

その可憐《かれん》な容姿と選手達への献身的なサポートから、男子にかなりの人気を誇るサッカー部のチーフマネージャーだった。

予想外の立候補に、野球部側に「あの子が来てくれるなら……」という雰囲気が流れるが、今度はサッカー部側から渋るような声が上がる。

だが、それも彼女の「校庭の使用権を譲ってくれるなら、このくらい当然すべきでしょう」という一言で収まった。

「……うちとしては、その条件で構わないがどうだ？」

部員達の空気を読んで、野球部の部長がそう問い掛けると、サッカー部の部長も微妙に顔をしかめながら頷《うなず》いた。

「では、そういうことで。また明日にでも、改めて生徒会まで申請に来てください」

政近がそう締めくくり、両陣営の話し合いは意外な形ですんなり解決したのだった。

◇

話し合いを終え、政近とアリサは本校舎に向かって部室棟の廊下を歩いていた。二人の間に会話はなく、視線を交わすこともなく静かに歩を進める。

「……あ～、悪かったな」

やがて、沈黙に堪えかねた政近がそう言うと、アリサは怪訝《けげん》そうな表情を政近に向けた。

「勝手に出しゃばって話進めちゃってよ。お前の顔を潰《つぶ》しちゃったよな」

「……別に」

素っ気なく言うと、アリサは再び前を向く。しかし、すぐに前を向いたまま「ねぇ」と声を上げた。

「どうして、あんな提案をしたの？」

「ん？」

「普通に考えたら、あんな提案野球部が納得するはずなかった。私の目には、あなたがあの先輩が手伝いに名乗り出ると分かっていたように見えたわ」

「へぇ……よく分かったな」

「分かるわよ。あなた、野球部が抗議する中、あの先輩の方をじっと見てたじゃない」

本当によく見てる、と感心しながら、政近はなんてことはない口調で種明かしをした。

「これは内緒だぞ？」

「？　ええ」

「あのマネージャーの先輩な……実は、野球部の部長と付き合ってるんだ」

「え⁉」

予想外の情報に、アリサは大きく目を見開いて政近の方を見る。

「野球部の部長、話し合いの最中ずっと黙ってたろ？　あれは恋人が相手側にいるから、強いこと言えなかったんだよ。公私混同もいいとこだけど、まあしゃーないわな」

「そう、だったの……」

「一方、彼女の方は彼女の方で無理を言ってる自覚がある分気まずい。だから、あそこでああいう提案をすれば乗って来るって分かってたよ」

「……そう」

「野球部は可愛い女の子達に練習を手伝ってもらえて幸せ。サッカー部は校庭を独占出来て幸せ。あの二人は部の垣根を越えて練習デート出来て幸せ。いやぁ、綺麗《きれい》に三方丸く収まったな！」

何も知らない野球部の平部員達が若干割を食った気がしないでもないけどな、と付け足して笑う政近。そんな政近に、アリサも少しだけ笑みをこぼした。

「……って――」

しかしそこで、本校舎へと繋《つな》がる廊下の先に一人の男子生徒が立っているのを見て、政近の笑みに少し苦みが交じった。

「おう、話し合いは上手《うま》くまとまったか？」

「会長……」

そこにいたのは、統也だった。政近がアリサと一緒にいることに疑問を抱いた様子もなく、全てを見透かすような笑みを浮かべている。

「……サッカー部が校庭を、野球部が河川敷を使う代わりに、その間サッカー部のマネージャーが野球部の手伝いをすることで話がまとまりました。……久世君のおかげです」

「そうか、ご苦労だったな九条妹」

淡々と事実を伝えるアリサを、統也は余計なことは言わずに労《ねぎら》う。そんな統也に、政近はせめてもの反抗とばかりにジト目を突き刺した。

「全て、計画通りですか？」

「ん？　別にそういうわけじゃないが」

「『なんのことだ？』って言わない時点で、ある程度は確信犯ですね」

「おっと……これは一本取られたな」

素直に両手を上げる統也に、政近は気勢を殺《そ》がれたように溜息《ためいき》を吐いた。

「それで、どうだ？　考えは決まったか？」

「……」

やっぱり全てお見通しか、と思いつつ、今度は政近が素直に白旗を上げた。

「ええ、まあ……不肖久世政近、生徒会の一員としてその末席に加わらせていただきますよ」

「おう、よろしくな」

ニヤリと男臭い笑みを浮かべる統也と、敵《かな》わないなぁと言いたげな苦笑を浮かべる政近。

対照的な笑みを浮かべた二人が、ガッチリと握手を交わす。

その様子を、アリサは一歩引いたところからどこか複雑な面持ちで眺めていた。

Иногда Аля внезапно кокетничает по-русски

エピローグ　この手を

「はぁ〜あ、なんかまんまと乗せられたみたいで釈然としないが……これが年貢の納め時ってやつなのかねぇ」

統也《とうや》に「今日はもう遅いから、また明日正式に書類を持って来てくれ」と見送られた政《まさ》近《ちか》は、同じく「今日のお前の仕事はもう終わりだ」と告げられたアリサと共に、夜闇の中を正門に向かって歩いていた。

ぶつぶつ言いながら歩く政近の後を、アリサは少し俯《うつむ》いたまま黙って付いていく。

しかし、校門まであと半分くらいのところまで来たところで、とうとう立ち止まって「ねぇ」と呼び掛けた。

「ん？　どうした？」

「……」

立ち止まって振り返る政近に、しかしアリサは何も言わない。その青い瞳《ひとみ》に複雑な感情を映しながら、じっと政近の顔を見つめる。

そんなアリサを、政近もまた静かな瞳で見返した。

「本当に、生徒会に入るの？」

「ああ」

「それは……」

そこで少し言葉を詰まらせ、意を決したように問い掛ける。

「有希《ゆき》さんと、一緒に会長選挙に臨むため？」

「……だったら？」

アリサの質問に、政近も質問で返した。

「だったら、どうする？　会長になるのを諦《あきら》めるのか？」

「……いいえ」

政近の挑発にも似た問い掛けに、アリサは甘えを捨てるように一瞬瞑目《めいもく》すると、その瞳に強い輝きを宿して答えた。

「私は、必ず生徒会長になるわ。……たとえ、あなたが相手でも。絶対に諦めたりしない」

その力強い瞳に、政近はフッと表情を緩めた。

この輝きを見たかった。

この輝きを、守りたかった。

その危うくも気高い魂の輝きに憧《あこが》れ、決して曇ることないようそっと手助けをしてきた。

これまでは、陰から。

でも、これからは……

「……そうか」

「っ」

瞑目して頷く政近に、アリサがきゅっと唇を引き結ぶ。軽く目を伏せるアリサに、政近はかっと目を見開くと、はっきりと言い切った。

「なら、俺がお前を生徒会長にしてやる」

「え……？」

呆然《ぼうぜん》と視線を上げるアリサ。その揺れる瞳を真っ直ぐに見据えながら、政近はアリサへと手を差し出した。

「お前が望むなら、俺が全力でお前を生徒会長にしてやる。これ以上お前を一人にはしない。これからは、俺が隣でお前を支える。だから……黙ってこの手を取れ！　アーリャ！」

政近のその言葉に、アリサの中で様々な言葉が浮かんでは消える。

「なぜ？」「どうして私なの？」「有希さんじゃないの？」いくつもの疑問が浮かび、しかし政近の有無を言わせぬ視線の前に溶けて消える。

（ああ、そうか……）

不意に、アリサは気付いた。政近は、見抜いているのだ。アリサの……どうしようもない、意地っ張りな性分を。

だから、言っているのだ。「助けて」も「一緒に戦って」もいらない。ただ黙って手を取れと。

（あぁ……）

ずっと、一人だった。全ての他者を競争相手と見なし、見下すばかりの自分には、味方と呼べる者など出来ないと思っていた。

でも……もしも、こんなどうしようもない自分の全てを受け入れ、無条件で味方でいてくれる人がいたなら。もし、そんな存在がいたなら……

「……っ！」

胸の内から湧き上がったその情動が、果たして何なのか。アリサには分からなかった。

感動？

切望？

歓喜？

そのどれでもあるようで、どれでもないような。

激しい感情の波に襲われ、アリサはなぜだか泣きそうになった。

だが、涙は流さない。

そんな姿を、目の前の少年に見せたくない。

そして、彼もまた自分のそんな姿を望んではいないと思うから。

だから、胸を張って前を向く。

別に助けなど求めてはいないと。

媚《こ》びることも、すがることもせず、ただ対等な相手として……その手を握った。

「うん、これからよろしくな。アーリャ」

その意志に応《こた》えるように、政近は小さく笑って頷《うなず》いた。

あくまで、対等なパートナーとして。

さりげないその優しさに、アリサは自然と口元をほころばせると、花咲くように美しい笑みを浮かべた。

うっすらと開かれたその唇から、心からの声がこぼれ落ちる。

「ありがとう」

そして、

Я тебя люблю

本人も意図せずして漏れたその呟きに、今まで一度も見たことがないその心からの笑みに、政近の心臓が跳ねた。

同時に、懐かしい遠い日の記憶が……あの子の笑顔が、脳裏に蘇《よみがえ》る。

（な、なんだ、これ）

ドクンドクンと高鳴る心臓。それは、あの子がいなくなって以来、二度と感じることはないだろうと思っていた恋のトキメキだった。

（は、は……マジか。俺の中に、まだこんな感情があったのか）

目の前の少女から目が離せない。握り合わせた手が熱い。……？　熱いっていうか……痛い？

「⁉　痛い痛い痛い‼　なんで⁉」

気付けば、いつの間にかアリサの笑みが張り付けたようなものへと変わり、その手には万力のような力が込められていた。

悲鳴を上げながら体をくの字に折り曲げ、上目づかいに疑問と抗議の視線を送る政近。その視線を絶対零度の視線で迎撃しながら、アリサは静かに問い掛けた。

「今……他の女のこと考えてた？」

「なんで分かる⁉　あ……」

反射的に答えてしまってから「しまった！」と思うが、時すでに遅し。同時に、我ながら最低なことをしてしまったと自覚して冷や汗が噴き出る。

（マズいマズいマズい！　告白されて昔の女のこと考えるとか、告白イベントでラブコメ主人公がやっちゃいけないことランキング第二位じゃねぇか！）

ちなみに第一位は、告白を聞き逃すである。これはヒロインはともかく、読者の好感度が大幅に下がるので絶対にやってはいけない。

（……って、んなこと考えてる場合かぁ！）

ついついオタク方面に現実逃避しようとする思考を、無理矢理《むりやり》引き戻す。

が、リアル恋愛の経験値が小学生以降パッタリ上がっていない政近に、この状況を打開する方法はなかなか思い付かない。

そうこうしている間に、冷たい笑みを浮かべたアリサが先に口を開いた。

「ねぇ」

「は、はい？」

「さっき、『これからは俺が支える』とか言ったわよね」

「え、ああ、はい。言いました、ね」

改めて言われるとなかなかにこっぱずかしいが、アリサの鋭く冷たい眼光の前に浮かんだのは、照れ笑いではなく引き攣《つ》り笑いだった。

「そう言った直後……有希さんのことを考えたと」

「いや、有希のことじゃ……」

「……ふうん」

「ちょっ⁉　マジで痛い⁉」

有希じゃないと言った瞬間、再び万力のような力で右手を締め付けられ、政近は「なんで⁉」と内心で絶叫する。

「久世《くぜ》君」

「ひゃい！」

「許して欲しいなら……黙って、この手を受け入れなさい」

「……はい」

ゆっくりと左手を持ち上げたアリサを見て、政近はその意図を理解して目を閉じた。

直後、右の頬に凄《すさ》まじい衝撃が走り、政近は比喩《ひゆ》じゃなく吹き飛んだ。

「へ、へへ……ナイスビンタ」

「……バカ」

情けなく地面に倒れ込みながらも、アリサにサムズアップをしてみせる政近。そんな政近に呆《あき》れたような顔をしながら、宣言通り怒気を収め、手を差し出すアリサ。

その手を借りて立ち上がると、政近はパンパンとズボンをはたいた。

「……帰るか」

「そうね」

そして、二人は並んで帰路に就いた。寄り添うでもなく、よそよそしく離れるでもなく、互いが手を伸ばせば自然と手を繋《つな》げる間隔で。

「いやぁ、女子にビンタされたの初めてだわ。また男としての経験値が上がってしまったな」

「さっき倒れた時に頭打ったの？」

「別に脳に異常はきたしてねぇよ!?」

「そうね、素で残念な脳をしてるものね」

「かつて神童と呼ばれたこの秀才を指してなんということを」

「神童？　……ふ～ん」

「あ、全っ然信じてない目」

お互い、いつも通りのやりとりが出来ていることに内心安堵《あんど》しつつ、いつもより少し近い距離で歩く。そして、アリサの住むマンションの前に辿《たど》り着いたところで、アリサが少しだけ気遣わしげな顔をした。

「……ほっぺた、大丈夫？　何か冷やすものいる？」

何気に気にしてたのか、と微苦笑を浮かべながら、政近は明るく言い放つ。

「いや、別にいいよ。ちょっと右頬の感覚ないけど、歯医者で麻酔打ったんだと思えばどってことないさ！」

「それは大丈夫じゃないでしょう……」

心配を冗談で返され、アリサは呆れた表情で肩を竦《すく》める。と、何かに気付いた様子で顔を上げると、人差し指を伸ばして政近の右頰を撫《な》ぜた。

「本当に、感覚ないの？」

「あ、いや……流石に冗談だって。ちょっと感覚が鈍いのは本当だけど」

「……そう」

軽くドギマギとした政近の答えに、アリサがフッと笑みを浮かべた。次の瞬間、政近の両肩にアリサの手が添えられ、アリサの笑みがふわりと近付いて来た。

「え？」

突然の事態に固まる政近の右頰に柔らかい感触が押し付けられ、耳元でちゅっという音が響く。

「え？」

呆然《ぼうぜん》と目を見開く政近に、素早く体を離したアリサが小馬鹿にした目を向ける。

「なにを呆《ほう》けてるのよ。ただのチークキスじゃない」

「ただの……って、普通チークキスって頰を合わせるだけなんじゃ……」

「そうよ？　実際にキスしてるわけじゃなくて、口で音を出してるだけよ」

「いや、でも……ん？」

今の感触は……いや、どっちだ⁇

「それじゃあ、また明日」

「あ、おう……また明日」

手を振ってエントランスに入っていくアリサを、心ここにあらずの状態で見送る。そして、その背が見えなくなったところで、政近はその場に頭を抱えてしゃがみこんだ。

「ええ〜〜？　ちょ、マジでどっちだぁ⁇」

未《いま》だじんじんと熱を持っている頬を撫でながら、先程の感触を必死に思い出す政近。しかし、どれだけ記憶を掘り返しても確かな答えは出なかった。

「アーリャ〜〜ロシア語で答え合わせしてってくれ〜」

暗い夜道に、政近の情けない声が響いた。

послесловие

あとがき

皆様はじめまして、作者の燦々SUN《サンサンサン》です。この度は本作をご購入いただきありがとうございます。買わずに友達に借りたという方は是非自分用に一冊ご購入ください。立ち読みで読んでいるという方はそのままレジに持って行きましょう。

デビュー作でずいぶん攻めたあとがきを書いているな～と思ったそこのあなた。残念ながら、これが燦々SUNの平常運転です。たまたまカバー袖《そで》がマトモだっただけです。むしろ、これでも編集さんの手前、法定速度内でセーブしている方です。普段がどんな感じかというと、

（大変見苦しい文章が続いております。申し訳ありませんが少々お待ちください）

とまあ、こんな感じです。あれ？　まだ一ページも書けてない？　軽く二千字は書いたはずなんですが……仕方ありませんね。もう十分はっちゃけたので、ここからは少し真面目にいきます。

カバー袖のコメントでも自己紹介した通り、作者は「小説家になろう」出身の作家です。と言っても、〝本気で書籍化を目指している人〟（ガチ勢）ではなく、自他共に認める〝ただ小説を書いて楽しんでいる人〟（エンジョイ勢）でした。マトモな連載はほとんど書か

ず、ネタを思い付くままに短編ばっかり書いていました。

本作は、そんな作者が「小説家になろう」に投稿した短編『時々ボソッとロシア語でデレる隣のアーリャさん』が編集さんの目に留まり、コンセプトはそのままに完全な新作として書き下ろしたものになります。漫画誌でよくある、読み切りから連載に昇格した感じですね。これは作者にとっても思いもよらない出来事でした。

完全書き下ろしということで、主人公もヒロインも一新して全くの別人となっておりますが、いかがでしたでしょうか。少しでもヒロインが可愛い、主人公がカッコイイと思っていただけたなら幸いです。有希《ゆき》？　言うまでもなく可愛いので特に心配していません（オイ）。

最後に、本作の執筆に当たって多大なご助力をくださいました編集の宮川夏樹《みやかわなつき》様。こんな素人作家の作品に超絶美麗なイラストを描いてくださったイラストレーターのももこ先生。完璧《かんぺき》なショート漫画を仕上げてくださったたぴおか先生。ヒロインのアーリャに声を当ててくださった上坂《うえさか》すみれ様。政近に声を当てて下さった天﨑滉平《あまさきこうへい》様。

推薦コメントをくださったしめさば先生、紙城境介《かみしろきょうすけ》先生。そして本作を手に取ってくださった読者の皆様に、今世紀最大の感謝をお送りします。ありがとうございました！

また二巻でお会い出来ることを願っております。それでは。

『ろしでれ』
よろしくお願いします♡
momoco

時々《ときどき》ボソッとロシア語《ご》でデレる隣《となり》のアーリャさん

著　燦々SUN《サンサン サン》

角川スニーカー文庫　22577

2021年３月１日　初版発行
2024年11月20日　37版発行

発行者　山下直久

発　行　株式会社KADOKAWA
〒102-8177 東京都千代田区富士見2-13-3
電話　0570-002-301（ナビダイヤル）

印刷所　株式会社KADOKAWA
製本所　株式会社KADOKAWA

●お問い合わせ
https://www.kadokawa.co.jp/（「お問い合わせ」へお進みください）
※内容によっては、お答えできない場合があります。
※サポートは日本国内のみとさせていただきます。
※Japanese text only

Printed in Japan　ISBN 978-4-04-111118-5　C0193

★ご意見、ご感想をお送りください★
〒102-8177 東京都千代田区富士見 2-13-3
株式会社KADOKAWA　角川スニーカー文庫編集部気付
「燦々SUN」先生
「ももこ」先生

[スニーカー文庫公式サイト] ザ・スニーカーWEB　https://sneakerbunko.jp/

角川文庫発刊に際して

角川源義

第二次世界大戦の敗北は、軍事力の敗北であった以上に、私たちの若い文化力の敗退であった。私たちの文化が戦争に対して如何に無力であり、単なるあだ花に過ぎなかったかを、私たちは身を以て体験し痛感した。西洋近代文化の摂取にとって、明治以後八十年の歳月は決して短かすぎたとは言えない。にもかかわらず、近代文化の伝統を確立し、自由な批判と柔軟な良識に富む文化層として自らを形成することに私たちは失敗して来た。そしてこれは、各層への文化の普及滲透を任務とする出版人の責任でもあった。

一九四五年以来、私たちは再び振出しに戻り、第一歩から踏み出すことを余儀なくされた。これは大きな不幸ではあるが、反面、これまでの混沌・未熟・歪曲の中にあった我が国の文化に秩序と確たる基礎を齎らすためには絶好の機会でもある。角川書店は、このような祖国の文化的危機にあたり、微力をも顧みず再建の礎石たるべき抱負と決意とをもって出発したが、ここに創立以来の念願を果すべく角川文庫を発刊する。これまで刊行されたあらゆる全集叢書文庫類の長所と短所とを検討し、古今東西の不朽の典籍を、良心的編集のもとに、廉価に、そして書架にふさわしい美本として、多くのひとびとに提供しようとする。しかし私たちは徒らに百科全書的な知識のジレッタントを作ることを目的とせず、あくまで祖国の文化に秩序と再建への道を示し、この文庫を角川書店の栄ある事業として、今後永久に継続発展せしめ、学芸と教養との殿堂として大成せんことを期したい。多くの読書子の愛情ある忠言と支持とによって、この希望と抱負とを完遂せしめられんことを願う。

一九四九年五月三日